WAKE
꿈을 엿보는 소녀

WAKE
by Lisa McMann

WAKE
꿈을 엿보는 소녀

리사 맥먼 | 김은숙 옮김

황금가지

| 차례 |

6분

2005년 12월 9일, 12:55 p.m.

제이니 해너건의 손가락에서 수학책이 미끄러진다. 그녀는 학교 도서관의 책상 모서리를 움켜쥔다. 모든 것이 깜깜해지고 침묵에 잠긴다. 그녀는 한숨을 내쉬며 책상 위에 머리를 기댄다. 스스로 빠져나와 보려고 발버둥을 쳐 보지만, 비참할 정도로 실패한다. 오늘은 정말 너무 피곤하다. 배도 너무 고프다. 그녀에게는 정말로 여기 할애할 시간이 없다.

다음 순간.

그녀는 미식축구 경기장의 옥외 관람석에 앉아 있다. 불빛에 눈이 부셔 눈을 깜박인다. 관중의 괴성 속에서도 그녀만이 침묵을 지킨다.

그녀는 주변 관람석에 앉아 있는 다른 이들, 학급 친구들과 부모님들을 흘깃 둘러본다. 꿈을 꾸는 사람이 누구인지 찾아본다. 꿈의 주인이 두려워하는 상태라는 것은 알겠는데, 대체 그 주인이 어디 있는 걸까? 그러다 그녀는 축구 경기장을 쳐다본다. 찾았다. 그녀는 눈을 굴린다.

꿈의 주인은 루크 드레이크다. 의심의 여지가 없다. 그는, 결론적으로, 홈커밍 경기가 펼쳐지고 있는 운동장에서 유일하게 나체인 선수이다.

누구도 그 사실을 알아차리거나 신경 쓰는 것 같지는 않다. 루크 자신만 제외하고. 공이 갑자기 튀어 오르며 라인이 붕괴되는데도, 루크는 발을 바꿔 가며 쿵쿵 뛰면서 손으로 막아 보려고 하는 중이다. 그녀는 그의 공포가 점점 커지는 것을 느낄 수 있다. 제이니의 손가락이 얼얼해지고 감각이 사라진다.

루크가 제이니를 본다. 축구공이 슬로 모션으로 움직이는 총알처럼 그를 향해 날아가고, 그의 눈이 커다래진다.

"도와줘."

그가 말한다.

그녀는 그를 돕는 일에 대해 생각한다. 루크의 꿈의 방향을 바꾸려면 어떤 게 필요할지 궁금하다. 큰 게임 하루 전날, 학교의 미식축구 팀의 스타 선수의 자신감을 북돋아주는 것이 필드리지 고등학교가 지역 경기에서 좋은 성적을 거두도록 도울 수 있을지 여부까지도 생각해 본다.

하지만 루크는 사실상 멍청이다. 그는 그 일을 고마워하지도 않을 것이다. 그래서 그녀는 대실패를 지켜보기로 마음먹는다. 그가 자존심과 영광 중 어느 것을 선택할지도 궁금하다.

'루크는 자기가 스스로 생각하는 것만큼 크지 않은 걸. 그것만은 매우 확실하네.'

축구공이 루크의 근처에 거의 다가오자, 꿈은 처음부터 다시 시작한다.

'아, 이거라면 벌써 익숙해졌다고.'

제이니는 생각한다. 그녀는 관람석의 의자에 집중하고, 천천히 일어나기로 한다. 그녀는 남은 꿈 내내 옥외 관람석의 아래 뒷자리로 걸어가서, 굳이 남은 부분은 지켜보지 않으려고 한다. 그리고 놀랍게도, 이번에는, 그녀가 성공한다.

'이건 보너스인걸.'

1:01 p.m.

제이니의 정신이 자신의 육체 속으로 다시 내동댕이쳐 들어온다. 그녀의 몸은 여전히 그녀가 즐겨 않는 도서관의 외진 구석 책상에 앉아 있다. 그녀는 자신의 손가락을 고통스러워하며 구부리고, 머리를 들어 올려, 시각이 돌아오자 도서관을 훑어본다.

그녀는 사오 미터 떨어진 좌석에 앉아 있는 장본인을 훔쳐본다. 그는 이제 깨어난다. 눈을 비비면서 자기 옆에 서서 웃고 있는 다른 두 명의 미식축구 선수들을 향해 순한 얼굴로 미소를 짓고 있다. 다른 친구들이 그를 밀치고, 머리를 친다.

제이니는 머리를 흔들어 맑게 한 뒤, 자신이 떨어뜨린 자리인 책상 위에 펼쳐진 채로 엎어져 있는 수학책을 챙겨 일어난다. 책 아래에, 조그만 스니커즈 바가 놓여 있는 것이 눈에 들어온다. 그녀는 미소를 지으며 책장들 사이, 그녀의 옆쪽을 바라본다.

하지만 감사의 말을 전할 사람은 그곳에 없다.

이 모든 일이 시작된 곳

1996년, 12월 23일, 저녁

제이니 해너건은 8살이다. 그녀는 소매가 너무 짧고, 물이 빠진 붉은 프린트의 얇은 원피스를 입고, 허벅지 사이로 늘어진 황백색의 스타킹에 회색 부츠를 신고, 단추 두 개가 없어지고 보풀이 인 갈색 코트를 입고 있다. 그녀의 길고 더러운 금발 머리는 정전기로 서 있다. 그녀는 시카고에 있는 할머니 집을 방문하기 위해 어머니와 함께 그들의 집이 있는 미시건 필드리지에서 기차를 타고 온 참이다. 어머니는 제이니의 맞은편에서 《글로브》를 읽고 있다. 잡지의 표지에는 탁한 파란색 턱시도를 입고 있는 거대한 남자의 사진이 실려 있다. 제이니는 창에 머리를 기댄 채, 자신의 숨으로 유리에 뿌연 김이 서리는 것을 바라본다.

구름이 제이니의 시야를 서서히 흐리게 해서, 제이니는 무슨 일이 일어나는 건지 깨닫지 못한다. 제이니는 잠시 안개 속을 떠다니다가 다음 순간 커다란 방에, 다섯 명의 남자와 세 명의 여자와 함께 회의 탁자에 앉아 있다. 방의 앞에는 키가 큰 대머리 남자가 서류가방을 들고 서 있다. 그는 속옷만 입은 채로 프리젠테이션을 하는 중인데, 몹시 허둥대고 있다. 뭔가 말을 하려고 하지만 도무지 입이 떼어지지 않는 모양이다. 다른 사람들은 모두 빳빳하게 다린 정장 차림이다. 그들은 소리 내어 크게 웃으면서 속옷만 입은 대머리 남자를 손가락질한다.

대머리 남자가 제이니를 본다.
그러고 나서 자신을 향해 웃고 있는 사람들을 본다.
그의 얼굴이 패배감으로 일그러진다.

그는 자신의 은밀한 부위를 서류가방으로 가리는데, 그 점이 다른 사람들을 더 심하게 웃게 만든다. 그는 회의실 문으로 달려가지만, 문 손잡이가 너무 미끌미끌하다. 점액질의 물질 같은 것이 거기서 떨어진다. 그는 문을 열 수가 없다. 그의 손에서 찍찍 대는 소리만 시끄럽게 들린다. 탁자에 앉은 사람들은 웃다가 몸을 구부린다. 속옷만 입은 남자는 축 처져서 얼굴이 납빛이 된다. 그가 공포에 질린 얼굴로 제이니를 다시 바라본다.

제이니는 어째야 할지를 모른다.
그녀는 얼어붙는다.
기차가 끼이익 소리를 내며 멈춘다.

다음 순간 점차 구름이 차오르더니 안개 속에서 장면이 사라진다.

"제이니!"

제이니의 어머니가 제이니를 향해 몸을 구부린다. 그녀의 숨결에서는 술 냄새가 풍기고, 제멋대로 늘어진 머리카락이 한쪽 눈을 가리고 있다.

"제이니, 엄마는 어쩌면 할머니가 너를 커다랗고 멋진 인형 가게에 데려가 주실지도 모른단 말을 하고 있었어. 엄마는 네가 그 소식에 기뻐할 거라고 생각했는데, 지금 보니 아닌 모양이구나."

제이니는 어머니에게 초점을 맞추고 미소를 짓는다.

"와, 재미있을 거 같아요."

그녀는 인형을 좋아하지도 않지만 그렇게 대답한다. 그녀는 차라리 새 스타킹을 받았으면 싶다. 그녀는 스타킹을 제대로 올라가게 해 보려고 의자에서 몸을 꼼지락댄다. 스타킹의 가랑이 부분이 허벅지 중간에 걸려 있다. 그녀는 대머리 남자에 대해 생각하다가 눈을 찡그린다.

'이상한 일이야.'

기차가 멈추고 그들은 짐을 챙겨 복도로 나간다. 제이니의 어머니 앞에, 부스스한 차림의 대머리 회사원이 자신의 짐으로 몸을 뻗고 있다.

그는 손수건으로 얼굴을 훔친다.

제이니는 그를 바라본다.

그녀의 입이 쩍 벌어진다.

"우와."

그녀가 중얼거린다.

남자는 자신을 바라보고 있는 제이니를 향해 단조로운 시선을 던지고 기차에서 내리기 위해 돌아선다.

1999년 9월 6일, 3:05 p.m.

6학년의 첫 수업이 끝나자 제이니는 버스를 타기 위해 달린다. 필드리지 노스 사이드에 사는 여자애들 중 하나인 멜린다 제퍼스가 발을 내밀어서, 제이니는 자갈 위에 대자로 엎어진다. 멜린다는 자기 어머니의 번쩍이는 붉은 지프 체로키(미국 차종 ──옮긴이)로 가는 길 내내 웃음을 터뜨린다. 제이니는 울고 싶은 마음과 싸우며 옷에 묻은 먼지를 털어낸다. 그녀는 버스에 올라 맨 앞자리에 앉아, 더럽고 피 묻은 자신의 손바닥을 들여다본다. 이미 낡을 대로 낡아빠진 바지의 무릎 부분에도 동그란 구멍이 생겼다.

6학년이란 사실에 목이 따끔거린다.

그녀는 창에 머리를 기댄다.

집에 도착하자, 제이니는 소파에 앉아 TV를 보며 깨끗한 유리병을 들고 마시고 있는 자신의 어머니를 지나친다. 제이니는 조심스럽게 손을 씻고 물기를 닦은 후, 어머니 옆에 앉아서 어머니가 자신의 존재를 눈치 채 주기를 기다린다. 어머니가 무슨 얘기라도 해 주기를 바라며.

하지만 제이니의 어머니는 이미 잠들어 있다.

그녀의 입이 벌어져 있다.

가볍게 코까지 곤다.

손에는 병이 매달려 있다.

제이니는 한숨을 쉬고, 정신없는 거실 탁자 위에 병을 내려놓고 숙제를 시작한다.

수학 숙제를 반쯤 했는데, 방이 어두워진다.

제이니는 밝은 터널 속으로 빨려들어 가는데, 마치 여러 색이 섞인 만화경 같은 공간이다. 바닥도 없고 그저 주변에 벽만 뱅글 뱅글 돌고 있는 곳을 둥둥 떠다니고 있다. 토할 것만 같다.

제이니 옆에는 어머니가 예수 그리스도처럼 생긴 금발의 남자와 함께 떠 있다. 남자와 제이니의 어머니는 손을 잡고 날고 있다. 그들은 행복해 보인다. 제이니는 소리치지만 입밖으로 어떤 소리도 나오지 않는다. 그녀는 멈추고 싶다.

손가락에서 연필이 떨어지는 것이 느껴진다.

소파의 팔걸이로 몸이 미끄러지는 것이 느껴진다.

일어나 앉으려고 애쓰지만, 주변을 돌고 있는 모든 색깔들 때문에 어디가 위쪽인지 정확히 알 수가 없다. 그녀는 차라리 다른 쪽으로, 그녀의 어머니 쪽으로 떨어지기로 한다.

색들이 멈추고, 모든 것이 까맣게 변한다.

제이니의 어머니가 투덜거리는 소리가 들린다.

그녀를 밀쳐낸다.

천천히 방 안의 초점이 다시 돌아오고, 제이니의 어머니가 제이니의 얼굴을 찰싹 때린다.

"나항테서 떨어져, 너 무승 뭉제 있니?"

제이니의 어머니가 말한다.

제이니는 일어나 앉아 어머니를 바라본다. 속이 뒤틀리고, 색깔들 때문에 아직까지 어지럽다.

"토할 거 같아요."

그녀는 속삭이고는 벌떡 일어나서 화장실로 토하러 달려간다.

그녀가 창백한 얼굴로 떨며 다시 밖으로 나왔을 때, 제이니의 어머니는 소파에서 사라져서 침실로 물러간 뒤다.

'휴우, 감사합니다.'

제이니는 생각한다. 그녀는 얼굴에 찬 물을 끼얹었다.

2001년 1월 1일, 7:29 a.m.

이삿짐 트럭이 옆집에 주차한다. 남자 하나, 여자 하나, 그리고 제이니 나이의 여자 아이 하나가 차에서 내려 눈으로 덮인 주차로를 따라간다. 제이니는 침실 창으로 그들을 바라본다.

소녀는 어두운 머리색에 예쁘장하다.

제이니는 학교에서 자신을 '백인 쓰레기'라고 부르는 다른 애들처럼 이 여자애 역시 오만할지 궁금하다. 어쩌면, 이 새로 온 여자애가 도시의 나쁜 쪽이라 할 수 있는 제이니의 옆집에 살기 때문에, 다른 아이들이 이 소녀에게도 백인 쓰레기라고 할지도 모른다.

하지만 소녀는 정말로 예쁘다.

차이를 만들어 내기 충분할 정도로 예쁘다.

제이니는 재빨리 옷을 주워 입고, 부츠와 코트를 걸친 후, 노스 사이드의 다른 아이들이 그녀에게 접근하기 전에, 자신이 먼저 그 아이와 친해질 기회를 노리고 옆집으로 씩씩하게 걸어간다. 제이니는 친구를 얻고 싶은 마음이 절망적일 정도로 간절하다.

"여러분 혹시 도움이 필요하진 않으세요?"

제이니가 생각했던 것보다도 더 자신감 있는 목소리가 불쑥 튀어나온다.

소녀가 가던 길을 멈추고 돌아본다. 미소가 진해지며 볼에 보조개가 파인다. 소녀는 고개를 옆으로 기울인다.

"안녕, 난 캐리 브랜트야."

캐리의 눈이 반짝거린다.

제이니의 심장이 뛰어오른다.

2001년 3월 2일, 7:34 p.m.

제이니는 13살이다.

제이니한테는 슬리핑백이 없지만, 캐리가 제이니가 쓸 수 있는 여분의 것을 하나 가지고 있다. 제이니는 캐리의 집 거실에 있는 소파 옆 마룻바닥에 자신이 가져온 비닐봉지를 내려놓는다.

비닐봉지 안에 든 것:

직접 만든 캐리의 생일 선물

제이니의 잠옷

칫솔

제이니는 불안하다. 하지만 그들이 캐리의 또 다른 새 친구 멜린다 제퍼스가 나타나기를 기다리는 동안, 캐리가 두 사람 몫을 충분히 커버할 만큼 혼자 수다를 떨고 있는 중이다.

그랬다, 바로 그 멜린다 제퍼스.

필드리지 노스 사이드 제퍼스 가문의 바로 그 제퍼스.

보아하니, 멜린다 제퍼스는 "제이니 해너건을 비참하게 만드는 사람들의 모임"의 대장이기도 한 모양이다. 제이니는 자신의 축축한 양손을 청바지에 문지른다.

멜린다가 도착했을 때, 캐리는 멜린다에게 아양을 떨려고 하진 않는다. 제이니는 고개를 까딱여 인사를 한다.

멜린다는 히죽히죽 웃는다. 캐리에게 뭔가를 속삭이려고 하지만, 캐리는 멜린다를 무시하고는 말한다.

"우리, 제이니 머리를 손질해 주자."

멜린다는 캐리에게 찌르는 듯한 시선을 던진다.

캐리는 제이니를 향해 환하게 웃으며, 제이니의 기분이 괜찮은지 눈으로 물어 본다.

제이니는 미소를 누르고, 멜린다는 어깨를 으쓱거리며 마치 자기가 결코 신경 쓰지 않는다는 듯 행동한다.

세 소녀는 조금씩 느리게나마 좀 더 편안한 분위기가 된다. 어쩌면 아마도 나머지 하나를 그저 포기한 걸 수도 있다. 그들은 화장도 하고, 캐리가 가장 좋아하는 옛날 코미디언이 등장하는 영화도 본다. 제이니가 이전엔 한 번도 본 적이 없는 사람들이 나온다. 그러고 나서 그들은 진실 게임을 한다.

캐리는 계속 번갈아 대답한다: 진실, 벌칙, 진실, 벌칙.
멜린다는 언제나 진실만을 택한다.
그리고 제이니가 있다.

제이니는 결코 진실을 고르지 않는다.
제이니는 언제나 벌칙을 받는다.
그렇게, 아무도 그녀의 속을 들여다볼 수 없도록.
제이니는 결코 누구도 자신의 안으로 들어오도록 할 수 없다.
그들이 제이니의 비밀을 찾아낼 수도 있으니까.

멜린다가 제이니에게 대답하지 못할 경우 벌칙으로 맨발로 뒷마당으로 달려 나가 옷을 벗고, 알몸인 채로 스노우 엔젤(눈 위에 누워서 팔다리를 위아래로 휘저으면 눈 위에 생기는 천사 형태의 자국—옮긴이)을 만들라고 하자, 키득거리는 웃음은 신경질적으로 바뀐다.
그 벌칙을 시행하는 것 따위, 제이니에게는 문제도 아니다.
왜냐하면, 정말로, 제이니가 이 일로 잃을 게 뭐가 있단 말인가?
제이니는 언제라도 자신의 비밀을 포기하는 대신 그 벌칙을 받아들일 터였다.

캐리가 킥킥 웃으며 제이니가 추리닝 상의와 청바지를 젖은 몸에 걸치도록 도와주는 동안, 멜린다는 차가운 밤공기에 팔짱을 낀 채 비웃는 웃음을 얼굴에 띠고 제이니를 지켜보고 있다. 캐리는 제이니의 브라를 들고 양쪽 컵을 눈으로 채운 뒤, 멜린다를 향해 눈덩이를 새총처럼 쏜다.

"우엑, 징그러. 대체 그렇게 낡고 지저분한 걸 어디서 구했어, 구세군 냄비?"

멜린다가 비웃는다.

키득거리던 제이니의 웃음소리가 멈춘다. 제이니는 캐리가 갖고 있던 자신의 브라를 움켜쥐고는 당황한 채 청바지 주머니에 아무렇게나 쑤셔 넣는다.

"아니."

제이니는 열을 내며 대답하다가, 문득 다시 피식 웃는다.

"굿윌(기부받은 제품을 저렴한 가격으로 파는 가게—옮긴이)에서 샀어. 왜, 익숙한 디자인이라도 되니?"

캐리가 코웃음을 친다.

심지어 멜린다조차, 마지못해서 웃는다.

그들은 팝콘을 찾아 터덜터덜 안으로 다시 돌아간다.

11:34 p.m.

캐리의 아버지인 브랜트 씨가 문간에 쿵쿵거리며 나타나서는 세 소녀들에게 이제 그만 조용히 하고 잠이나 자라고 소리친 후 사라진

다음, 거실의 소음도 점차 가라앉는다.

제이니는 곰팡이 냄새가 나는 슬리핑백의 지퍼를 올리고 눈을 감는다. 그러나 알몸인 채로 스노우 엔젤을 만드는 신나는 경험 후라 그런지 잠을 자기에는 너무나 흥분한 상태이다. 제이니는 멜린다와 함께였음에도 불구하고 정말 즐거운 저녁 시간을 보냈다. 제이니는 부잣집 소녀로 산다는 것이 어떤 것인지에 대해 알게 되었다.(하루를 어떻게 보냈는지 설명하기에 꽤 그럴듯해 보이는 말이지만, 동시에 역겨운 것도 많이 알게 된 날이었다.) 그리고 루크 드레이크가 (캐리가 보기에) 반에서 가장 멋진 남자애가 틀림없다는 것과, 사람들이 멜린다에게 1년에 네 번씩은 꼭 하게 만드는 게 뭔지(멜린다의 가족은 이국적인 곳으로 휴가를 간다.)도 알게 되었다. 알게 뭐람?

이제 키득거리는 웃음소리들은 조용히 주변으로 가라앉았다. 제이니는 슬그머니 눈을 뜨고 어두운 천장을 바라본다. 멜린다가 자신의 옷에 대해 놀려댔음에도 불구하고, 제이니는 이곳에 있다는 사실이 기쁘다. 심지어 멜린다는 제이니에게 어째서 너는 새로운 거라고는 입는 법이 없냐고 뻔뻔하게 묻기까지 했다. 하지만 그 순간 캐리가 갑작스럽게 감탄을 해서 멜린다의 입을 막았다.

"제이니, 너 그렇게 머리를 뒤로 넘기기만 해도 훨씬 멋져 보이는 걸? 그렇지 않아, 멜린다?"

태어나서 처음으로, 제이니는 머리를 뒤로 묶어 한 가닥으로 땋아 내렸다. 지금 이렇게 슬리핑백에 누워 있으려니, 얇은 베개를 통해 머리를 묶은 부분이 불편하게 눌리는 것이 느껴진다. 어쩌면 나중에 캐리에게 잘 때는 머리를 어떻게 해야 될지 배울 수 있을 것이다.

제이니는 화장실에 가고 싶지만, 일어났다가 만약의 경우에 캐리의 아버지가 소리를 듣고는 자신에게 다시 한 번 소리치는 일이 생길까 봐 겁이 난다. 그녀는 다른 소녀들처럼 가만히 누워, 다른 소녀들이 잠에 빠진 채 내쉬는 숨소리에 귀를 기울인다. 멜린다가 가운데, 캐리를 향해 옆으로 누운 채, 제이니에게는 등을 보인 채 웅크리고 누워 있다.

12:14 a.m.

천장이 온통 흐려지더니 사라진다. 제이니는 눈을 깜빡이고는, 자신이 학교, 그것도 공민학(시민 윤리를 가르치는 미국의 수업 — 옮긴이) 수업 중임을 깨닫는다. 둘러보니, 정상적인 4교시 수업도, 자신이 듣는 어떤 수업도 아니다. 제이니는 교실 뒤에 서 있다. 교실 안에는 빈자리가 하나도 없다. 파첼리 선생님이 사법 체계에 관한 표를 보면서 대법원의 판사들이 판사복 아래에 뭘 입고 있는지에 대해 지루한 이야기를 중얼거린다. 파첼리 선생님이 이 과목을 가르치고 있다는 사실에 대해서 누구도 놀라는 것처럼 보이진 않는다. 아이들 중 일부는 심지어 필기를 하고 있다.

제이니는 교실 안의 얼굴들을 돌아본다. 3번째 줄, 가운데 책상에 앉아 있는 사람은 멜린다이다. 멜린다의 얼굴에 꿈꾸는 듯한 표정이 떠올라 있다. 멜린다는 자신의 자리 앞줄에 앉아 있는 누군가를 뚫어져라 쳐다보고 있다. 선생님이 계속 얘기를 하고 있는 동안, 멜린다가 천천히 일어나 자신이 계속 쳐다보고 있던 상대에게 다가간다. 제이니가 있는 교실 뒤편에서는 그 상대가 누구인지 볼 수가 없다.

선생님은 멜린다의 행동을 알아차린 것 같은 기색조차 안 보인다. 멜린다는 책상 옆에 무릎을 꿇더니 그 사람의 손을 가만히 건드린다. 느린 동작으로, 그 사람이 멜린다를 돌아보고는 그녀의 뺨을 부드럽게 만지더니, 앞으로 몸을 구부린다. 두 사람은 키스를 한다. 잠시 후, 두 사람은 일어서서는 계속 키스를 나눈다. 두 사람이 떨어졌을 때야, 멜린다가 키스를 나눈 상대방이 누군지 보인다. 멜린다는 상대방의 손을 잡고 교실 앞쪽으로 이끌더니 물품 보관실 문을 연다. 벨이 울리고, 마치 개미들처럼 학생들 무리가 교실에서 나가기 위해 쏟아져 나간다.

멜린다가 한숨을 내쉬며 제이니 옆의 슬리핑백 속에서 배를 깔고 드러눕는 것과 동시에, 캐리 브랜트의 거실 천장이 다시 나타난다.
'참나!'
제이니는 생각한다. 시계를 보니 1시 23분이다.

1:24 a.m.
제이니의 몸이 기우뚱하더니, 숲속을 걷고 있다. 그늘 때문에 어둡기는 하지만, 밤은 아니다. 약한 햇빛 몇 줄기가 나무가 뒤덮은 사이로 새어들고 있다. 제이니의 앞에서 걷고 있는 사람은 캐리다. 두 사람은 거의 1.5키로 혹은 그 이상은 되어 보이는 길을 걸어간다. 갑자기 두 사람 앞으로 몇 발자국 떨어진 곳에 흐르는 강이 나타난다. 캐리는 멈추더니 귀에 손을 대고 뭔가를 듣는 시늉을 한다. 캐리는 갑자기 절박한 목소리로 외쳐 부른다.
"칼슨!"

여러 번 되풀이해서, 캐리는 그 이름을 부른다. 숲 전체가 캐리의 목소리로 울릴 때까지. 강의 높은 둑을 따라 걸어가던 캐리가 나무뿌리에 발이 걸린다. 갑자기 캐리와 마주친 제이니가 그만 넘어지자, 캐리가 제이니를 일으켜 세워준다. 캐리가 이상하다는 얼굴을 한다.

"네가 여기 있을 이유가 없는데."

캐리는 다시 칼슨을 찾아 돌아서고, 그녀의 목소리는 점차 울음이 섞이며 커진다.

강 쪽에서 순간 첨벙 하는 소리가 들린다. 작은 소년이 강물 위로 보인다. 물살 때문에 빠르게 밀려가고 있다. 캐리는 둑을 따라 달리면서 외친다.

"칼슨! 거기서 나와! 칼슨!"

활짝 미소 짓는 얼굴의 소년이 물 위에서 숨이 막힌다. 그는 아래로 사라졌다가 다시 표면 위로 올라오기를 반복한다. 캐리는 거의 미친 사람처럼 서두르고 있다. 그녀는 소년에게 손을 뻗어 보지만, 아무 도움이 되지 않는다. 강둑은 너무 높고, 강은 너무나 넓어 캐리는 도저히 그 남자애에게 닿을 수가 없다. 캐리는 이제 울고 있다.

지켜보고 있는 제이니의 가슴이 쿵덕거린다. 소년은 여전히 미소를 크게 짓는 채로 숨이 막혀 가고, 이제 물 아래로 점차 잠기고 있다. 그는 죽어가고 있다.

"저 앨 도와줘! 저 애를 구해 줘!"

캐리가 비명처럼 외친다.

제이니는 물속의 남자애를 향해 뛰어들지만, 처음 뛰어오른 둑 위의 장소로 발이 다시 떨어진다. 캐리가 비명을 지르는 동안 다시 한 번 시도해 보지만, 결과는 똑같을 뿐이다.

이제 소년의 눈이 감긴다. 미소는 으스스하게 보인다. 소년 뒤쪽의 물에서, 거대한 상어가 물 위로 불쑥 다가온다. 커다란 입을 벌리자, 상어의 수백 개 이빨이 번쩍인다. 남자애 근처에서 입을 닫은 상어가 사라진다.

캐리는 슬리핑백에서 일어나 앉아 비명을 지른다.

제이니도 비명을 지르지만, 그 비명은 목구멍 밖으로 나오지는 않는다.

제이니의 목이 쉬었다.

손가락은 감각이 없다.

악몽으로 온몸이 벌벌 떨린다.

멜린다가 꿈틀하고는 끙 소리를 내더니 도로 잠에 빠져드는 동안, 두 소녀는 어둠 속에서 서로를 바라본다.

"너 괜찮아?"

제이니가 앉은 채로 속삭이듯 묻는다.

케이는 고개를 끄덕이고는 깊은 숨을 내쉰다. 그녀는 당황한 듯 낮은 웃음을 터뜨린다. 입을 여는데, 목소리가 떨린다.

"미안해, 내가 깨웠지. 악몽을 꿔서."

제이니는 잠시 망설인다.

"무슨 꿈 꿨는지 얘기하고 싶어?"

제이니의 마음이 바삐 달려 나간다.

"아니, 도로 잠이나 자자."

캐리는 옆으로 돌아눕는다. 멜린다가 움찔 하더니 캐리에게로 몇 센티 더 가까이 굴러가고, 이내 다시 사방이 고요해진다.

제이니는 흘끗 시계를 본다. 새벽 3시 42분. 기력이 완전 떨어진
느낌이다. 제이니는 잠에 빠져든다…….

3:51 a.m.

……제이니는 커다랗고 아름다운 침실 안으로 떨어지는 순간 깜짝 놀
라며 잠에서 깬다. 엔싱크(NSYNC)와 쉐릴 크로우(Sheryl Crow)의 포스터가
든 액자들이 벽에 걸려 있다. 책상에는 멜린다가 앉아서 노트북을 두드리
고 있다. 제이니는 눈을 깜빡 거려서 꿈에서 빠져나오기 위한 시도를 해
본다. 제이니는 자신이 슬리핑백에 앉아 있다는 걸 느낄 수 있는데, 그럼
에도 그녀의 행동들이 그녀가 보는 것에 아무 영향을 미치지 못한다. 그녀
는 보는 걸 포기하고 싶어서 등을 대고 철퍼덕 눕는다.

멜린다는 심장을 그리고 있다. 제이니는 그녀에게 다가간다. "멜린다."
하고 말하지만, 목소리가 밖으로 나오지 않는다. 침실 창문을 누군가 두
드리고, 멜린다는 밖을 내다보더니 미소를 짓는다.

"저 창 좀 열게 도와줘, 그럴 거지?"

제이니는 멜린다를 바라본다. 멜린다가 뒤돌아보며 고개를 홱 움직여
창을 가리킨다. 제이니는 강요당한 기분으로 멜린다 옆에 서서 창문을 더
듬고, 두 사람은 함께 창을 연다. 캐리가 기어들어온다.

캐리는 상의를 홀딱 벗고 있다.

거기다 가슴 사이즈가 수박만 하다.

캐리가 창문틀 위로 재빠르게 기어 올라오는 동안 가슴은 이쪽저쪽 땀

에 젖어 있다.

캐리는 제이니를 지나 멜린다 앞에 수줍게 선다.

제이니는 돌아서려고 애쓰지만, 그럴 수가 없다. 그녀는 캐리의 얼굴 앞에 대고 손을 흔들어 보지만, 캐리 역시 응답하지 않는다. 제이니에게 윙크를 던진 멜린다가 캐리를 자신의 팔로 끌어안는다. 서로 끌어안은 두 사람은 키스를 나눈다. 제이니는 눈알을 굴린다. 갑자기 세 사람은 파첼리 선생님의 공민학 수업으로 돌아와 있다. 다시 한 번, 멜린다가 통로의 누군가를 끌어안는다. 바로 캐리다. 멜린다는 캐리를 교실 앞으로 끌고 간다. 그 동안 교실 안의 어느 누구도 벌거벗고 있는 캐리와 그 거대한 가슴에 눈길 한 번 안 주는 것을 제이니는 똑똑히 볼 수 있다.

제이니는 자신의 슬리핑백에 앉은 채로 다시 한 번 머리를 거칠게 흔든다. 뺨에 닿아 있는 장식용 술의 끝부분 감촉까지 느낄 수 있건만, 도무지 이 교실에서 탈출할 수가 없다. 그녀는 지금 강제로 이곳에 불려온 것뿐만 아니라, 강제로 이 장면을 봐야만 하는 것이다.

멜린다는 물품 보관실로 미끄러지듯 다가가며 캐리를 그곳으로 이끈다. 제이니는 의지와는 반대로 그리로 따라간다. 멜린다는 캐리와 제이니가 그 안으로 들어가자, 문을 닫는다. 멜린다는 캐리의 입술 위로 다시 키스를 하기 시작한다.

제이니는 보이지는 않지만 자신의 슬리핑백 안에서 돌진한다.

멜린다를 차는 거야, 아주 세게.

다음 순간 제이니는 다시 캐리의 거실로 돌아와 있다.

머리가 엉망진창인 멜린다가 벌떡 일어나 앉더니, 제이니를 보기 위해 이리저리 둘러본다.

"너 미쳤어? 왜 그런 거야?"

멜린다는 불같이 화를 낸다.

자는 척하며, 제이니는 한쪽 눈만 밖으로 배꼼 내밀고는 중얼거린다.

"미안, 네 슬리핑백 위로 거미 하나가 기어가더라고. 내가 널 구해 준 거야."

"뭐?!"

"신경 꺼도 돼, 이제 없어."

"하! 다행이네. 이제야 잠 좀 제대로 잘 수 있겠어."

제이니는 어둠 속에서 활짝 웃는다. 오전 5시 51분이다.

7:45 a.m.

뭔가가 제이니의 다리를 쿡 찌른다. 제이니는 눈을 뜨고는 자신이 어디 있는지 몰라 어리둥절해한다. 칠흑같이 어둡다. 다음 순간 캐리가 제이니의 머리를 덮고 있던 슬리핑백을 획 걷어낸다.

"그만 일어나, 잠꾸러기야."

햇빛은 눈이 부시다.

"음."

제이니는 끙 소리를 내고 천천히 일어나 앉는다.

캐리는 엉덩이로 균형을 맞추며, 제이니를 보더니 한쪽 눈썹을 추켜세운다.

그제야 기억이 난다. 혹시 캐리……?

"너 잘 잤어?"

캐리가 묻는다. 제이니는 속이 뒤틀리는 기분이다.

"음…… 그래, 잘 잤어. 너는?"

제이니는 캐리의 반응을 살핀다. 캐리는 미소를 짓는다.

"아기처럼 쿨쿨. 이 딱딱한 바닥에서 말이야."

"어, 음. 그게, 그거 다행이네. 멜린다는 어딨어?"

제이니는 발을 이리저리 움직여 보고는 구겨지고 꼬인 잠옷을 바로 편다.

"걘 10분 전쯤에 갔어. 좀 이상하게 굴더라. 8시에 피아노 레슨이 있는 걸 깜빡했다고 하던데. 설마, 말이 돼?"

캐리는 코웃음을 친다.

제이니는 약하게 웃음을 터뜨린다. 배가 고프다. 두 소녀는 아침을 차린다. 캐리는 어젯밤의 악몽을 기억하는 것 같지는 않다.

하지만 제이니는 잊을 수 없을 것이다.

두 사람이 토스트를 우적우적 먹는 동안, 제이니는 캐리의 가슴을 흘낏 훔쳐본다. 캐리의 가슴은 딱 사과 반만 하다.

제이니는 집으로 간다. 침대에 누워, 그 이상했던 밤에 대해 다시

28

생각한다. 이런 게 다른 사람 누구에게나 일어날 수 있는 일인지도 궁금하다. 점점 알면 알수록, 아마 그렇진 않을 거 같기는 하다.

그녀는 늦은 오후까지 깊은 잠에 빠진다.

밤샘 파티가 자신에게는 썩 맞지 않는 것 같다는 생각이 든다.

아마 앞으로도 내내 그럴 것이다.

2004년 6월 7일

제이니는 이제 16살이다. 이제 자신의 옷은 스스로 산다. 종종 식재료를 사는 것도 그녀의 몫이 된다. 복지 지원금은 집세와 술값 외의 것을 커버하기에 충분하진 않다.

2년 전부터, 제이니는 방과 후와 주말에 몇 시간씩을 헤더 양로원에서 아르바이트를 하기 시작했다. 지금은 여름 동안 풀타임으로 일하고 있다.

헤더 양로원의 사무실 직원들과 다른 도우미들은 제이미를 좋아한다. 특히 학교가 쉬는 날에는 더더욱. 그건 제이니가 낮이든 밤이든 다른 사람의 근무를 대신해 주기 때문이다. 그 덕에 다른 직원들은 갑자기 아픈 날이나 휴가에 맞춰 쉴 수 있다. 제이니는 돈이 필요하고, 그들은 그 점을 잘 알고 있다.

제이니는 대학에 가기로 결심한 상태다.

일주일에 5일, 가끔은 그보다 더 많이, 제이니는 병원 간호복으로 갈아입고 양로원으로 향하는 버스를 탄다. 그녀는 노인들이 좋다. 그들은 시끄럽게 자지 않는다.

제이니와 캐리는 여전히 옆집에 사는 이웃이자 친구이다. 두 사람은 제이니의 엄마가 자신의 침실에서 술에 취해 정신을 잃기를 기다린 후에 영화를 보고 남자애들에 대한 이야기를 나누며 많은 시간을 함께 보낸다. 다른 것에 대한 이야기도 많이 나눈다. 예를 들어 어째서 캐리의 아버지가 항상 그렇게 화를 잘 내는지, 그리고 왜 캐리의 어머니는 손님을 싫어하는지 등에 대해서도. 일반적으로 제이니는 그저 그건 그 사람들이 불평불만 많은 사람들이라서 그렇다고 생각한다. 간단명료하지 않은가. 캐리가 제이니가 하루 자고 가도 되는지 물을 때면, 캐리의 어머니는 언제나 이렇게 대답한다.

"네 생일날에 밤샘 파티 한 지 얼마나 됐다고."

캐리는 어머니에게 그 밤샘 파티라는 것이 4년 전이었다는 사실을 굳이 상기시키지 않는다.

제이니는 칼슨에 대해 생각하다 보면, 곧잘 캐리가 정말로 그 집의 유일한 자녀인지 궁금해지곤 한다. 하지만 캐리는 그런 예민한 부분에 대한 어떤 것도 얘기하고 싶어 하진 않는 것처럼 보인다. 어쩌면 캐리는 부모님이 자신을 포크로 찌르기라도 하면 자신이 뻥 터져 버릴지도 모른다고 생각해서 두려운 건지도 모른다.

캐리와 멜린다는 여전히 친구로 지낸다. 멜린다의 부모님은 여전히 부유하다. 멜린다는 테니스를 배우고 있다. 그리고 치어리더다. 멜린다의 부모님은 라스베가스, 마르코 섬, 베일, 그리고 그리스의 어딘가에 별장을 가지고 있다. 멜린다는 대부분은 자신의 다른 부유한 친구들과 어울린다. 그리고 가끔 캐리를 만나곤 한다.

제이니는 멜린다와 함께 어울리는 게 그렇게 신경 쓰이진 않는다. 멜린다만이 여전히 제이니를 못 견뎌 한다. 제이니는 자신이 그 진짜 이유를 알고 있다고 생각한다. 그리고 그건 제이니가 가난한 것과는 전혀 상관없는 이유라는 것도.

2004년 6월 25일, 11:15 p.m.

기록적이라고 할 만한 11번의 연속 저녁 근무 후에, 그리고 그 11일 중에서 7일을 늙은 리드 씨의 제2차 세계 대전에 관한 반복적인 악몽에 사로잡혀 지낸 후에, 제이니는 소파에 무너지듯 앉아 신발을 벗어 저리 멀리 찬다. 거실 탁자 위에 동그랗게 남은 빈 병의 수로 가늠해 볼 때, 제이니는 자신의 어머니가 아마도 침실에 있을 것이고, 분명 인사불성 상태가 되어 있으리라고 추측할 수 있다.

캐리가 안으로 들어온다. 그녀의 눈가가 붉다.

"나 여기서 자고 가도 돼?"

제이니는 들키지 않게 한숨을 쉰다. 그저 자고 싶다.

"물론이지. 소파로 괜찮겠어?"

"그럼. 고마워."

제이니는 긴장을 푼다. 소파라면, 캐리도 괜찮을 것이다.

캐리는 소리 내어 훌쩍거린다.

"그래, 뭐가 문제야?"

제이니는 자신에게서 짜낼 수 있는 모든 동정심을 목소리에 담으려 애쓰며 묻는다. 이 정도면 충분하다.

31

"아빠가 또 고래고래 소리 지르고 계셔. 내가 데이트 신청을 받았거든. 근데 아빤 그저 안 된대."

제이니의 기운이 좀 돌아온다.

"누가 데이트 신청을 했는데?"

"스투 오빠. 자동차 수리소에서 일하는."

"설마 그 아저씨 말하는 거야?"

캐리가 발끈한다.

"스투 오빠, 22살밖에 안 먹었거든?"

"그리고 넌 16살이고! 솔직히 그 남자 22살보다 더 늙어 보여."

"전혀 아니거든? 스투 오빠 귀여워. 오빠 엉덩이도 귀엽고."

"그래 어쩌면 그 남자도 오락실에서 DDR(한때 선풍적 인기를 끌었던 댄스 게임—옮긴이) 좀 뛰고 그럴지도."

캐리가 키득거린다. 제이니도 미소를 짓는다.

"그래서. 여기 뭐 마실 만한 독한 거 좀 없니?"

캐리의 천진한 물음에 제이니는 웃음을 터뜨린다.

"그것 참 절제된 표현인걸. 뭘 원하십니까, 손님, 맥주?"

제이니는 거실 탁자 위의 병들을 둘러보며 묻는다.

"슈납스(네덜란드 진—옮긴이)? 위스키? 보드카?"

"공원에서 술주정뱅이들이 마시는 싸구려 와인 같은 거는 없어?"

"원하신다면."

제이니는 억지로 소파에서 몸을 일으켜 깨끗한 잔들을 찾아본다. 주방은 그야말로 엉망진창이다. 제이니가 잠깐이라도 여기 들어와 본 것이 2주 전이다. 제이니는 끈적거리고 모양도 맞지 않는 잔 두

개를 싱크대에서 찾아내어 물로 헹군 다음, 어머니가 싸구려 와인을 숨기듯 모아놓은 곳을 살펴본다.

"아, 여기 있네. 분스 팜(저가 와인 브랜드 ─ 옮긴이), 괜찮지?"

제이니는 캐리의 대답도 기다리지 않고, 병을 따서 두 잔이 모두 찰 정도로 붓고, 병을 다시 저장고로 돌려놓는다.

캐리는 TV를 켜고, 제이니가 건넨 잔을 받는다.

"고마워."

제이니는 달콤한 와인을 한 입 홀짝이고는 얼굴을 찌푸린다.

"그래서 도대체 이 스투라는 남자랑 뭘 하고 싶은 건데?"

자신이 말한 문장이 꼭 컨트리송 가사 같이 느껴진다.

"그냥 데이트하려고."

"너희 아버지가 이걸 아시면 널 죽이려고 드실 텐데."

"그래, 그래. 내가 모르는 다른 얘기 뭐 없어?"

두 사람은 삐걱거리는 소파에 자리를 잡고 앉아 거실 탁자 위로 발을 올린다. 정신없이 흩어져 있는 빈 병들을 솜씨 좋게 발로 탁자 가운데로 몰아넣자 다리를 뻗을 공간이 생긴다.

TV가 단조롭게 떠들어댄다. 소녀들은 와인을 홀짝거리며 가벼운 얘기를 주고받는다. 제이니는 일어나 자신의 침실을 뒤져 과자를 가지고 돌아온다.

"우엑, 너 도리토스(과자 이름 ─ 옮긴이)를 네 침대 방에 숨겨 놓은 거니?"

"비상식량이야. 오늘 같은 이런 밤을 위한."

'어머니가 음식에 전혀 신경을 쓰지 않고 식료품 가게에 가서 술

만 사오기 때문에 말이지.'

제이니는 생각한다.

"아아."

캐리가 고개를 끄덕인다.

12:30 a.m.

제이니는 소파에서 잠이 들었다. 꿈은 꾸지 않는다. 절대로.

5:02 a.m.

제이니는 강제로 잠이 깨어 캐리의 꿈속으로 내동댕이쳐진다. 다시 또 한 번, 그 강 옆의 꿈이다. 13살 때 처음 이 꿈을 겪은 이후 두 번째였다.

자신의 실질적인 육체가 있는 방은 전혀 보지 못한 채로, 제이니는 일어서려고 노력한다. 만약 그녀의 침실로 가는 길을 찾을 수 있어서 온몸이 마비되기 전에 방문을 닫을 수만 있다면, 연결을 끊을 수 있을 정도로 거리를 벌릴 수 있을 터였다. 그녀는 바닥 위를 굴러 다니고 있는 병들에 발가락이 닿는 것을 느낄 수 있다. 제이니는 자신과 캐리가 숲속을 걸어가는 동안, 벽을 더듬어 복도로 나가는 길을 찾는다. 제이니는 문틀을 찾아내지만, 첫 번째 것은 그녀의 어머니의 방으로 통하는 문이고(쉿, 문에 부딪히지 말자.), 그 다음은 욕실, 그리고 그 다음이 그녀의 방이다. 그녀는 안으로 들어가, 돌아서서 캐리와 자신이 막 강둑에 닿는 순간 문을 닫는다.

연결이 끊어진다.

제이니는 안도의 한숨을 내쉰다. 주변을 둘러보고 어둠속에서 시력이 돌아올 때까지 기다리며 눈을 깜빡댄 후에 침대로 기어들어가 잠이 든다.

9:06 a.m.

제이니가 일어났을 때, 그녀의 어머니와 캐리는 부엌에 있다. 거실의 병들은 깨끗이 정리되어 있다. 캐리는 싱크대 한가득한 접시들을 닦는 중이고, 제이니의 어머니는 홈메이드 아침 음료를 제작 중이다. 보드카, 오렌지 주스 그리고 얼음. 가스레인지 위에는 종이 접시로 덮여 있는 냄비가 놓여 있다. 버터를 바른 토스트 두 조각, 한쪽만 살짝 익힌 계란 프라이 두 개에 바삭하게 구운 베이컨이 운 좋게도 냄비 옆의 두 번째 종이 접시 위에 놓여 있다. 제이니의 어머니는 베이컨 한 조각과 자신의 음료를 들고 말 한 마디 없이 침실로 사라진다.

"캐리, 고마워. 이렇게까지 할 필요 없는데. 오늘 안 그래도 청소하려고 했었어."

캐리는 쾌활하게 답한다.

"할 수 있는 만큼만 한 거야. 잘 잤어? 언제 자러 간 거야?"

제이니는 생각에 잠긴 채 냄비를 들춰 보고, 그 안에서 감자튀김을 발견한다.

"우와! 음…… 그렇게 일찍 들어가진 않았어. 해가 나기 바로 전이었을 거야. 그래도 너무 피곤하다."

"너무 말도 안 되게 긴 시간을 일해서 그래."

"그래, 그게. 대학 때문에. 언젠가는……. 넌 잘 잤어?"

"그럭저럭 잘……."

캐리는 뭔가 더 하고 싶은 얘기가 있는 것처럼 망설이지만, 아무 말도 하지 않는다.

제이니는 음식을 한 입 먹는다. 배가 고파 죽을 지경이다.

"좋은 꿈 꿨어?"

캐리는 제이니를 흘끗 보더니, 다른 접시를 들어 타월로 물기를 닦아낸다.

"별로."

제이니는 음식에 집중하려고 하지만, 위장이 요동친다. 그녀가 기다리는 동안 침묵은 점점 이상하게 부풀어 오른다.

"꿈 얘기 하고 싶어?"

캐리는 한참 동안 침묵을 지키다 마침내 말한다.

"아니, 별로."

그리고 속도를 내다

2004년 8월 30일

학교 첫날이다. 제이니와 캐리는 2학년이 되었다. 두 사람은 집 근처 모퉁이 길가에 서서 학교로 가는 버스를 기다린다. 다른 고등학생들 여럿이 그들과 함께 서 있다. 몇몇은 흥분한 상태이다. 몇몇은 끔찍하게 작다. 제이니와 캐리는 신입생들은 무시한다.

버스가 늦는다. 케이벨 스트럼헬러에게는 다행스럽게도, 버스가 그보다 늦게 도착한다. 제이니와 캐리도 케이벨이 누구인지 알고 있다. 그는 중학교 3학년 이래로 학교 안의 문제아로 유명세를 떨쳐왔다. 제이니는 케이벨이 자신의 학년으로 낙제했다는 소문이 들리기 전까지는 케이벨을 거의 알지 못했다. 케이벨은 자주 지각했다. 언제나 딱딱한 표정이었다. 지금 보니, 케이벨은 지난봄에 비해서 거의 20센티미터쯤 커 보인다. 검푸른 색의 기름진 곱슬머리는 눈앞까지 내려와 있다. 어깨를 구부린 채 걷는 모양이 키가 작은 채로 있는 것이 더 편안하다는 듯 보인다. 케이벨은 다른 사람들로부터 멀찍이 떨어진 곳에 홀로 서서 담배를 피운다.

제이니는 우연히 그와 눈이 마주치는 바람에, 슬쩍 고개를 까닥여 인사를 한다. 케이벨은 재빨리 바닥으로 시선을 돌린다. 그의 입술에서 연기가 날린다. 담배를 바닥에 내던지더니, 자갈 사이로 짓뭉갠다.

캐리가 제이니의 갈비뼈를 찌른다.

"어머나, 새 남자친구구나."

제이니는 눈을 굴린다.

"착하게 굴어."

캐리는 케이벨이 다른 곳을 보는 동안 주의 깊게 그를 살핀다.

"흐음, 천연두라도 앓았던 거 같던 얼굴이 여름 사이에 싹 깨끗해졌네. 아니면 저 새로운 멋쟁이가 그동안 자기 얼굴을 감추고 살았든가."

"그만해."

제이니가 쉿 하고 캐리를 조용히 시킨다. 제이니는 키득거리고 웃지만 그 사실에 기분이 나빠진다. 그럼에도 그녀는 케이벨을 바라보고 있다. 그의 옷으로 판단해 보건대, 그는 아마 제이니만큼이나 찢어지게 가난한 모양이다.

"쟨 그저 혼자 있기를 좋아하는 걸 거야. 말수도 적고."

"돌덩이 같은 남자란 말이지, 어쩌면, 쟤가 너에게 딱 맞는 거길 가졌는지도 몰라."

제이니는 눈을 가늘게 뜬다. 그녀의 얼굴이 냉정해진다.

"캐리, 그만해. 난 진지해. 너 꼭 멜린다처럼 무례하게 군다."

제이니가 케이벨을 흘긋 바라본다. 그의 청바지는 너무 짧다. 그녀는 멋진 옷과 물건들이 없기 때문에 놀림을 받는다는 게 어떤 건지 너무나 잘 알고 있다. 그녀는 케이벨을 보호해 주고 싶은 충동이 든다.

"쟨 어쩌면 구제불능에다가 엉망진창인, 복지금이나 받아먹고 사는 부모 밑에서 태어난 건지도 몰라. 나처럼 말이야."

캐리는 잠시 말이 없다.

"난 멜린다랑 비슷하지 않아."

"그럼 왜 걔랑 어울리는데?"

캐리는 어깨를 으쓱하고는 잠시 동안 그 질문에 대해 생각한다.

"나도 몰라. 어쩌면 그 애가 부자라서 그런지도."

마침내 버스가 온다. 학교까지는 고작 8킬로미터도 되지 않지만 모든 정류장에 다 서다 보니 거의 45분이 걸린다. 제이니와 캐리 같은 2학년들은 버스 안의 불문율로 상급생으로 대접받는다. 그래서 그들은 뒷좌석 근처에 앉는다. 케이벨은 그들을 지나 바로 뒷좌석에 털썩 주저앉는다. 제이니는 자신의 등 쪽을 미는 케이벨의 무릎을 느낄 수 있다. 그녀는 자신의 좌석 등받이와 창문 사이의 틈을 쳐다본다. 케이벨은 손으로 뺨을 받치고 있다. 기름진 곱슬머리에 거의 가려져 있긴 하지만, 눈을 감고 있는 게 보인다.

"망할."

제이니는 조용히 투덜거린다.

감사하게도, 케이벨 스트럼헬러는 꿈은 꾸지 않는다.

어쨌든 버스 안에서는 그랬다.

또, 화학 수업에서도.

또, 영어 수업도.

다른 누구도 꿈꾸는 사람은 없다. 제이니는 학교 첫날이 끝나고 집에 온 후, 안도의 한숨을 쉰다.

2004년 10월 16일, 7:42 p.m.

캐리랑 스투가 제이니의 침실 창문을 두드린다. 제이니는 창문을 조금 연다. 얇은 가죽 타이를 맨 스투는 정장을 차려 입고 있고, 캐리는 몸에 착 붙는 검정 드레스에 숄을 두르고 소름 끼칠 만큼 커다란 난초를 달고 있다.

캐리가 비정상적인 방문을 사과하며 설명한다.

"네 방에 불 켜진 게 보이더라고. 홈커밍(고교 · 대학 졸업생들이 연 1회 갖는 동창회 ─옮긴이) 댄스파티에 우리랑 같이 가자, 제이너스! 우리도 그렇게 오래 머무르진 않을 거야. 응?"

제이니는 한숨을 쉰다.

"너도 알잖아, 나 입을 거라고는 없는 것."

캐리는 가느다란 어깨끈이 달린 은색 드레스를 제이니가 볼 수 있게 내민다.

"여기, 이거 너한테 꼭 맞을 거야. 장담해. 멜린다에게서 받은 거야. 물론 나 대신 네가 이걸 입은 걸 걔가 보기라도 하면 죽으려고 들겠지만. 그리고 거기에 딱 어울릴 신발도 가져왔어."

캐리가 사악하게 미소 짓는다.

"머리도 안 감고 씻지도 않았는걸."

"너 충분히 괜찮아 보여, 제이니. 같이 가자. 이 밤 내내 내가 멍청한 빠순이 한 무더기에 둘러싸여 앉아 있게 하지 말고. 이 아저씨한테 자비 좀 베풀어 주라."

제이니는 스투의 말에 히죽 웃는다. 캐리가 스투의 팔을 철썩 때린다.

제이니는 두 사람과 앞문에서 만나서 드레스를 받고, 10분 후에 보기로 한 후 집 안으로 사라진다.

9:12 p.m.

제이니는 스투와 캐리가 100만 번째 춤을 추고 있는 동안 세 번째 펀치 잔을 마신다. 그녀는 테이블에 홀로 앉아 있다.

9:18 p.m.

제이니가 오직 "헛똑똑이"라는 별명으로만 알고 있는 2학년 남학생이 제이니에게 춤을 청한다.

그녀는 잠시 그를 평가해 본다. 그녀가 그보다 머리 하나는 크다.

"망할, 안 될 건 또 뭐야."

제이니는 중얼거린다.

헛똑똑이는 자신의 머리를 그녀의 가슴에 대고 그녀의 엉덩이를 움켜쥔다.

그녀는 그를 밀친 후, 작은 소리로 투덜거리며 캐리를 찾는다. 캐리에게 집에 태워 줄 사람이 있어 지금 먼저 가려고 한다고 말한다.

캐리는 스투의 품에 안긴 채 더없이 행복한 얼굴로 손을 흔든다.

제이니는 온통 연기구름으로 뒤덮여 있는 학교 체육관의 뒷문 영역을 침범한다. 자신이 고스족(종말, 죽음, 악에 대한 내용을 주로 노래한 고스록 음악의 애호가로 검은 옷을 입고, 흰색과 검은색으로 화장을 한다—옮긴이)들의 소굴에 들어왔음을 깨닫는다. 알게 뭐야?

"아우!"

누군가가 말한다. 제이니는 계속 걸으면서 누구든 자신이 플라잉 도어(셔터와 마찬가지로 상부로 들어 올려서 개방하는 대형문—옮긴이)로 치게 될 사람에게 사과를 중얼거린다.

캐리의 하이힐을 신은 채로 1킬로미터를 넘게 걷고 나자, 제이니는 발이 아파 죽을 것만 같다. 제이니는 신발을 벗어들고 잔디밭을 걸어가며 그녀가 걸어가는 방향을 따라서 집들이 멋진 집에서부터 형편없는 상태로 점차 변하는 것을 관찰한다. 이슬로 인해 이미 잔디가 젖어 있고, 마당은 점점 더 질퍽해진다. 발이 얼어붙는다.

누군가가 그녀 옆으로 바싹 다가서는데, 어찌나 조용한지 그가 나타날 때까지 그녀는 누가 있는지조차 알아차리지 못했다. 그는 스케이트보드를 들고 있다. 두 번째와 세 번째 사람들이 나타나서는 그

들의 보드를 내려놓고는 보드에 올라타 제이니의 앞쪽으로 미끄러
져간다.

"깜짝이야! 여자애 겁줘서 반쯤 죽이려는 거면, 성공했네."

그들에게 둘러싸인 채 제이니가 말하자, 케이벨 스트럼헬러가 어
깨를 으쓱한다. 다른 아이들은 앞쪽으로 계속 이동한다.

"길이 먼데. 너, 어…… (그가 목청을 가다듬는다.) 괜찮니?"

"괜찮아. 넌?"

제이니는 이전에는 케이벨이 말하는 걸 한 번도 본 적이 없다.

"타. 너 그러다 발이 아주 채 썰리게 생겼다. 저기 유리조각도 있
을걸."

케이벨은 자신의 보드를 내려놓고, 제이니의 손에서 구두를 받아
든다. 제이니는 보드를 바라보다, 그를 본다. 그는 구멍이 난 니트 비
니를 꺼내서 쓰고 있다.

"어떻게 타는지 몰라."

케이벨의 얼굴에 설핏 미소가 스친다. 비니 아래로 긴 검은 머리
뭉치를 쑤셔 넣는다.

"그냥 서서, 구부리고, 균형을 잡아. 내가 널 밀어 줄게."

그녀는 눈을 꿈뻑거린다. 보드를 타다니.

'이상해. 아마도 상상이 아닐까.'

그들은 서로 아무 말도 안 한 거고.

남자애들은 남은 길을 지그재그로 가더니, 제이니의 집 옆 코너에
서 멈춰 선다. 케이벨은 제이니가 뛰어내릴 수 있게 그녀를 집 현관

앞까지 밀어 준다. 그녀의 신발은 계단 위에 내려놓고, 자신의 스케이트보드를 챙긴 후에 고개를 까딱인 후 친구들을 따라나선다.

"고마워, 케이벨."

제이니가 말하지만, 그는 이미 어둠 속으로 사라진 후다.

"상냥하게 대해 줘서."

그녀는 듣는 사람도 없는데 덧붙인다.

그들은 그러고도 한참을 서로를 알지 못한 채, 아무 일 없이 지나간다.

본격적으로

2005년 2월 1일

제이니는 17살이다.

잭 톰린슨이라는 이름의 남자애가 영어 수업에서 잠이 든다. 제이니는 교실을 가로질러 그 애의 고개가 꺾이는 모습을 바라본다. 교실 안이 춥지만 벌써 땀이 나기 시작한다. 오전 11시 41분이다. 점심시간 종이 울리려면 7분이나 남았다. 너무 긴 시간이다.

그녀는 일어나서 책을 모아들고, 문으로 내달린다.

"몸이 안 좋아요."

그녀는 선생님에게 말한다. 선생님은 이해한다는 듯이 고개를 끄덕인다. 뒷줄에 앉은 멜린다 제퍼스가 숨죽여 웃는다. 제이니는 교실을 떠나며 문을 닫는다. 차가운 타일 벽에 몸을 기대고 깊은 숨을 내쉰 후, 여자 화장실로 향한다. 화장실 칸막이 안으로 숨기 위해서.

아무도 화장실에서는 잠드는 법이 없다.

회상: 1998년 1월 9일

제이니의 10번째 생일이다. 타냐 위어스마가 학교에서 필통에 기대 잠이 든다. 그녀는 둥둥 떠서 미끄러진다. 그 다음 떨어지기 시작한다. 협곡 속으로 떨어져 내린다. 절벽의 아찔한 면이 어질어질한 속도로 옆으로 흐른다. 타냐는 제이니를 보고는 비명을 지른다. 제이니는 눈을 감지만 어지럽고 토할 것 같다. 두 사람은 동시에 깜짝 놀라 깬다. 4학년 아이들이 모두 웃음을 터뜨린다.

제이니는 결국, 생일 파티를 쏘기로 한 자리에 나가지 않기로 결정한다.

전철을 탔다 속옷만 입은 남자를 본 직후였다.

고등학교 전까지는 그래도 그런 아슬아슬한 순간이 별로 많진 않았다. 하지만 좀 더 나이가 들수록, 그녀의 학급 친구가 학교에서 잠드는 일이 더 많아졌다. 더 많은 아이들이 잠들수록, 더 많은 말썽이 일어났다. 그녀는 도망가거나, 그들을 깨우거나, 아니면 결과를 감수해야만 했다.

1년하고도 반만 더 지나가면.

그러고 나면.

대학. 룸메이트.

제이니는 손에 얼굴을 묻는다.

그녀는 점심시간이 끝나고 나서야 다음 수업을 듣기 위해 화장실을 나선다. 손에는 가는 길에 먹을 스니커즈 초코바를 들고.

    2주가 지나고 나서, 멜린다 제퍼스와 그녀의 부유한 친구들은 복도에서 제이니 옆을 지날 때면 토하는 소리를 내곤 한다.

2005년 6월 15일

    제이니는 17살이다. 그녀는 할 수 있는 한 많은 대타를 뛰며 필사적으로 일하는 중이다.

    늙은 리드 씨는 양로원에서 죽어 가고 있다.

    그의 꿈은 항상 동일하고 끔찍하다.

    그는 쉽게 깨어나지도 않는다.

    그의 몸이 시들해질수록 그의 꿈이 끌어당기는 힘은 무서우리만치 강해지고 있다. 이제, 그의 문이 열려 있기만 해도, 제이니는 그쪽 건물에 들어갈 수조차 없다.

    제이니는 이 부분은 미처 계획에 넣지 못했다.

    그녀는 매 근무 때마다 이상한 요청을 한다.

    "동쪽 건물을 맡아 주시면, 제가 나머지 전부를 책임질게요."

    다른 도우미들은 아마도 제이니가 리드 씨가 죽는 모습을 보는 게 두려워서 그런 모양이라고 생각한다.

    제이니에게 물론 그 부분은 문제도 아니지만.

2005년 6월 21일, 9:39 p.m.

헤더 양로원에 일손이 모자란다. 여름이다. 세 명의 환자들이 죽음 직전에 와 있다. 두 명은 알츠하이머다. 한 명은 꿈을 꾸고, 비명을 지르고, 울음을 터뜨린다.

누군가는 요강을 비워야 한다. 밤에 먹을 약을 나눠주고, 다음 날을 위해 방을 깔끔하게 정리해야 한다.

제이니는 조심스럽게 작업에 착수한다. 그녀는 서쪽 건물에 서서, 동쪽 건물을 바라보며 암기하기 시작한다. 오른쪽 벽에는 다섯 개의 문이 있고 난간은 여섯 군데다. 오른쪽의 마지막 문이 리드 씨의 방이다. 열 걸음을 더 가면 벽이고, 그 다음 비상구 문이 있다.

어떤 날에는, 카트가 세 번째와 네 번째 문 사이에 선다. 어떤 날에는, 첫 번째와 두 번째 문 사이에 휠체어가 모인다. 들것은 종종 동쪽 건물에 두지만, 대개는 왼쪽에 있다. 제이니는 복도에 들어서면서 힐끗 둘러봤지만, 그날은 괜찮을 것 같다. 어떤 날은, 대부분의 날이 그렇지만, 사람들이 패턴 없이 위아래로 왔다 갔다 하기 때문이다. 제이니는 자신의 눈이 멀 경우에 누군가와 우연히 마주치고 싶지 않다.

오늘 밤, 복도는 깨끗하다. 제이니는 실바 씨 가족이 네 번째 방에 방문을 온 것을 아까 기록해 두었다. 그녀는 기록부를 체크하고, 그들이 서명하고 외출 시간을 기록한 것을 본다. 기록된 다른 방문객들은 없다. 늦은 시간이다. 제이니에게는 일을 끝마치거나, 그렇게 못해 해고되는 일만이 남았다.

동쪽 건물로 들어서는 순간, 제이니는 복도의 바를 움켜쥐고는 거의 몸을 구부린다.

9:41 p.m.

전투의 소음은 압도적이다. 그녀는 사람들의 몸과 출렁대는 피로 어수선한 해변 참호 안에 리드 씨와 함께 숨어 있다. 장면은 너무 친숙하다. 제이니는 사람들의 대화 하나하나는 물론 총성 소리까지 정확하게 암기하고 있을 지경이다. 그리고 이 꿈은 언제나 같은 방식으로 끝난다. 여기 저기 흩어진 팔과 다리, 발아래에 으스러진 뼈들. 그리고 리드 씨의 몸이 작은 조각으로 부서져 내리고, 마치 강판에 간 치즈처럼 그의 몸통이 뭉개진다. 아니면 때때로 문둥이처럼 풀어지며 없어지거나.

제이니는 복도의 핸드레일을 꼭 잡고 복도를 따라 걸어가려고 노력한다. 문까지 몇 발자국인지 세어둔 것이 기억날 만큼 충분히 집중을 하는 게 불가능하다. 그만큼 이 꿈이 지독하게 강렬하다. 그녀는 계속 걷고, 더듬고, 걸어서, 마침내 벽에 부딪힌다. 손가락과 발에 이미 감각이 사라지고 있다. 이 모든 걸 멈추고 싶다. 그녀는 뒤로 여덟, 열, 어쩌면 열두 발짝쯤 물러나고, 리드 씨의 문 바깥 바닥에 쓰러진다. 리드 씨를 따라 전쟁터를 헤매는 동안, 그녀의 머리가 지끈거린다.

제이니는 리드 씨의 문을 찾아서 닫기 위해서 애를 써 본다. 아무리 노력해도 감각이 이미 사라진 지 오래다. 자신이 뭔가를 만지는 중인지 아닌지조차 알 수가 없다. 그녀는 마비에 빠져 있다. 감각이 없다. 절망적이다.

피투성이 해변에서, 리드 씨가 제이니를 향해 손을 흔들며 이리 오라고 외친다.

"여기 이 뒤로 와. 여기 이 뒤라면 안전할 거야."

제이니는 안 된다고 비명을 지르려고 하지만, 소리가 전혀 나오지 않는다. 그녀는 그의 관심을 끌 수가 없다.

'거기는 안 돼요!'

제이니는 다음에 일어날 일을 알고 있다.

리드 씨의 손가락이 먼저 떨어져 나간다.

그 다음은 그의 코와 귀가.

그가 제이니를 본다.

언제나 그렇듯이.

마치 그가 그를 배신했다는 듯이.

"왜 미리 말해 주지 않았어."

그가 속삭인다.

제이니는 말을 할 수도, 움직일 수도 없다. 다시 또 다시, 그녀는 싸운다. 머리가 꼭 언제라도 당장 터질 수 있을 것 같은 느낌이다.

'그냥 죽어, 늙은이야! 난 더 이상은 이걸 하고 싶지 않아!'

그녀는 외치고 싶다. 그나마 이제 꿈의 끝이 다가온다.

그런데 끝이 아니다. 뭔가 새로운 게 있다.

리드 씨가 자신의 발이 발목에서 떨어져 나오기라도 한 것처럼 제이니에게 돌아선다. 다리를 헛딛는다. 그의 눈은 공포로 커져 있고, 그들 주위에서는 전투가 맹렬하다.

"이리 가까이 오렴."

손가락도 없는 채로, 그는 자신의 총을 그녀의 팔에 던지듯 건네준다. 그 동작을 하는 그의 팔이 어깨에서 부러져 떨어지더니, 해변에 가루처럼 부서진다. 그러더니 그가 울기 시작한다.

"도와줘. 도와줘, 제이니."

제이니의 눈이 커진다. 그녀는 적군을 볼 수 있지만, 그들이 그녀를 볼 수 없다는 사실을 안다. 그녀는 안전하다. 그녀는 리드 씨의 커다래진 눈을 바라본다.

총을 들어올린다.

조준한다.

그리고 방아쇠를 당긴다.

10:59 p.m.

리드 씨의 꿈에서 총성이 울림과 동시에 꿈이 확 끝나버리는 순간, 제이니는 동쪽 복도의 이동식 들것 위에 몸을 말고 누워 있는 자신을 본다. 그녀는 눈을 깜빡인다. 시력이 조금씩 회복되고, 헤더 양로원의 도우미 두 명이 자신을 내려다보고 있는 게 보인다. 그녀는 반쯤 일어나 앉는다. 머리가 여전히 지끈거린다.

"조심해, 제이니, 애야. 너 발작 비슷한 걸 일으킨 것 같더라. 의사 선생님이 오실 때까지 기다리자, 응?"

부드러운 목소리가 달랜다.

제이니는 머리를 당기고 약하게 들려오는 무선 호출음에 귀를 기울인다. 잠시 후, 말소리가 들린다.

"리드 영감님이 돌아가셨어요."

쉰 목소리의 여자가 말한다. 제이니는 들것 위로 쓰러져 정신을 잃는다.

2005년 6월 22일

의사가 말한다.

"몇 가지 테스트를 해야 합니다. 우선 CAT 스캔을 받아야 될 것 같아요."

"괜찮아요, 전."

제이니는 공손하지만 확고하게 대답한다.

의사는 제이니의 어머니 쪽을 바라본다.

"어머님 의견은 어떠십니까?"

제이니의 어머니는 어깨를 으쓱하고는 창밖을 내다본다. 자신의 손가방의 지퍼를 잡는 그녀의 손이 떨리고 있다.

의사는 몹시 짜증난다는 기색으로 한숨을 내쉬더니, 다시 한 번 시도한다.

"어머님, 만약 따님이 운전을 하는 중에 발작을 일으키거나 하는 경우에 어쩌시렵니까? 아니면 길을 건너다가요? 부디 그 점을 생각해 보세요."

어머니는 눈을 감는다.

제이니는 목을 가다듬는다.

"이만 가도 될까요?"

의사가 제이니를 한참 바라본다. 그는 자신의 무릎만 내려다보고 있는 제이니의 어머니를 흘깃 바라본다. 그러더니 다시 제이니를 보며 부드럽게 말한다.

"물론이지. 한 가지만 나랑 약속해 주겠니? 단지 너의 안전뿐만이 아니라, 도로 위의 다른 사람들의 안전을 위해서도, 제발 운전만은 하지 마라."

'제가 운전 중일 때는 이런 일이 일어나지 않을 거예요.'

제이니는 그에게 그렇게 말하고 싶지만, 그런다고 한들 그의 걱정을 덜 수 있을 것 같진 않다.

"그럼요, 약속드려요. 어쨌든 저흰 차도 없는걸요."

제이니의 어머니, 해녀건 부인이 일어난다. 제이니도 일어선다. 의사도 일어선다.

"그런 일이 다시 또 일어나거든, 꼭 우리 병원으로 전화를 줘. 알겠니?"

의사가 손을 내밀어, 제이니는 그의 손을 잡고 흔든다.

"그럴게요."

제이니는 거짓말을 한다. 그녀와 어머니는 대기실로 돌아온다. 제이니는 어머니에게 먼저 버스 정류장에 가 계시라고 말한다.

"저도 곧 갈게요."

어머니가 먼저 나간다. 제이니는 수납을 한다. 대학 자금에서 120달러가 빠져나간다. 그녀는 도대체 CAT 스캔에 얼마의 금액이 들지 상

53

상 정도는 해 볼 수 있을 것이다. 물론 누군가가 그녀가 미쳤다고 말하는 걸 듣기 위해서 단 한 푼이라도 굳이 쓰고 싶은 마음은 없다.

공짜로라도 그런 의견은 얼마든지 들을 수 있으니까.

제이니는 어머니가 도대체 이 모든 게 다 무슨 일이냐고 묻기를 기다린다. 하지만 차라리 달빛에 꽃이 피기를 기다리는 편이 빠를지도 모른다. 제이니의 어머니는 딸에게 일어나는 어떤 일에도 관심이 전혀 없다. 앞으로도 결코 그러리라.

그것은 지독하게 슬픈 일이다.

제이니 생각으론 그렇다.

그래도 가끔은 이런 점도 도움이 되는 법이다.

2005년 6월 28일

10대에게 운전하지 말라고 한 의사의 충고는 오히려 그걸 더 중요한 일로 만들기도 한다. 의사가 잘못 생각했다는 걸 증명하고 싶어진다거나.

제이니와 캐리는 스투를 만나러 자동차 수리소로 향한다. 그들이 들어오는 모습을 지켜보고 있던 스투가 말한다.

"꼬맹아, 여기 그녀가 대기 중이다."

스투가 제이니를 '꼬맹이'라고 부르는 건 좀 이상한 일인 것이, 왜냐하면 제이니가 캐리보다 생일이 두 달 빠르기 때문이다.

제이니는 그저 고개를 끄덕이고 미소를 짓는다. 그녀는 차의 후드를 따라 가볍게 손을 쓸어 보고, 곡면을 느껴 본다. 버터우유 색이다. 제이니 나이보다도 오래된 차다. 하지만 아름답다.

스투가 제이니에게 키를 건네주고, 제이니는 현금으로 1000달러 하고도 450을 더 지불한다. 스투가 아쉬운 얼굴로 말한다.

"살살 다뤄 줘. 내가 13살일 때 처음 만난 이래로 계속 잘 돌봐온 애야. 이제 얘도 좀 가르릉대긴 하지만."

"그럴게요."

제이니는 미소를 짓고 77년식 노바(쉐보레의 차종 ──옮긴이)에 올라타 시동을 건다.

"얘 이름은 에델이야."

스투가 덧붙이고는 살짝 민망한 얼굴을 한다.

캐리는 기름투성이인 스투의 손을 잡고는 짜는 듯이 꽉 쥔다.

"제이니는 정말로 운전 잘해. 내 차를 수도 없이 몰아봤다고. 에델은 괜찮을 거야. 있다가 밤에 봐."

캐리는 스투의 뺨에 빠른 키스를 남기고는 조용한 미소를 보낸다.

스투는 윙크를 날린다. 캐리는 자신의 차 트레이서에 타고, 제이니는 자신의 새 차 운전대 뒤로 미끄러지듯 오른다. 대시보드를 토닥거리자, 에델이 가르릉거린다.

"좋았어, 에델."

제이니가 부드럽게 말한다.

2005년 6월 29일

리드 씨의 사고 이후로, 헤더 양료원의 감독관은 제이니에게 일주일 휴가를 줬다. 그렇게 많이 쉬어도 된다는 말에 당황해서 다리를 꼬고 헛기침을 하는 제이니에게, 감독관은 독립기념일과 노동절에 근무를 할 경우 급료를 두 배로 주겠다고 약속한다. 제이니는 행복하다.

제이니는 양로원으로 복귀하는 첫 날 새 차를 몰고 간다. 사람들을 목욕시키고, 요강을 열 개도 넘게 비운다. 즐거움을 위해, 제이니는 「레 미제라블」에 나오는 애절한 노래의 가사를 "빈 요강과 빈 방광들"로 바꿔 부른다.(뮤지컬 「레 미제라블」중 다리우스의 노래 「텅 빈 테이블에 텅 빈 의자」를 제이니가 패러디한 것이다——옮긴이) 47년간 교사로 지내다가 얼마 전 은퇴했다고 알려진 스투빈 양이 몇 주 만에 처음으로 웃음을 터뜨린다. 제이니는 스투빈 양에게 읽어 줄 만한 새 책을 가져오자고 마음속으로 결심한다.

스투빈 양을 찾아오는 방문객은 아무도 없었다.

그녀는 장님이다.

아마도 그래서 제이니가 그녀를 제일 좋아하는 걸지도 모른다.

2005년 7월 4일, 10:15 p.m.

휠체어에 앉은 헤더 양로원의 노인 세 명과 오렌지 색 양동이를 뒤집어 의자 삼아 앉은 제이니는 양로원 주차장의 어둠 속에서 모기를 찰싹찰싹 때려잡으며 기다리고 있다. 몇 블록 떨어진 셸비 공원에서 불꽃놀이가 막 시작할 참이다.

스투빈 양도 휠체어에 앉아 기다리는 한 명 중 하나다. 무릎 위로 웅크리고 있는 울퉁불퉁한 손에는 휠체어 옆의 스탠드에 매달린 정맥 주사 바늘이 꽂혀 있다. 갑자기 스투빈 양이 고개를 기울이더니 생각에 잠긴 채 미소를 짓는다.

"이제 온다."

그녀가 그 말을 하고 잠시 후, 하늘이 다양한 색으로 타오른다.

제이니는 스투빈 양에게 하나하나를 상세하게 설명해 준다.

녹색으로 빛나는 호저(몸에 길고 뻣뻣한 가시털이 덮여 있는 동물 — 옮긴이) 같아요.

마법사의 지팡이에서 불꽃이 일어요.

하얀 불이 완벽하게 동그라미를 그리고는 웅덩이를 만들면서 사라지네요.

정말로 멋진 보라색 불꽃이 타오른 뒤에, 제이니는 갑자기 벌떡 일어난다.

"아무데도 가시면 안 돼요, 세 분 모두. 금방 돌아올게요."

치료실로 뛰어 들어간 제이니는 고무 튜브를 움켜쥐고 다시 뛰쳐나온다.

"여기요. 아까 그 마지막 불꽃이 꼭 이렇게 생겼었어요."

숨을 몰아쉬며 말한 제이니는 스투빈 양의 손을 부드럽고 조심스럽게 편 다음, 늙은 여인의 손에 쿠시볼(털뭉치 모양의 고무공 — 옮긴이)을 쥐어 준다. 스투빈 양의 얼굴이 환해진다.

"아마 마지막 불꽃이 제일 내 맘에 들었을 거 같아."

2005년 8월 2일, 11:11 p.m.

제이니는 헤더 양로원을 떠나 집까지 6킬로미터 정도를 운전해 간다. 심각하리만치 더운 날씨에, 제이니는 에어컨을 틀지 않은 채 에델을 부드럽게 달래 가며 운전한다. 그녀는 창문을 열고, 얼굴에 와서 부딪히는 뜨거운 바람의 느낌을 만끽한다.

11:18 p.m.

집에서 그다지 멀지 않은 웨이벌리 로드에서 정지 신호에 걸려 차를 잠시 멈춘다. 차는 교차로에 슬슬 들어선다.

11:19 p.m.

다음 순간 그녀는 낯선 집 안에 있다. 더러운 부엌이 보인다. 손가락이 칼로 되어 있는 거대하고 젊은 괴물 남자가 다가온다.

제이니는 길 위에서 눈이 먼 채로, 발을 마구 굴러 브레이크를 밟고 기어를 억지로 중립으로 돌린다. 마비가 오기 전에 간신히 비상 브레이크를 찾아내어 당기는 데까지 성공한다. 이 꿈은 몹시도 강력하다.

괴물이 비닐 커버를 씌운 의자를 부엌 바닥을 가로질러 끌고 와서는 머리 위로 들더니 빙빙 돌린다.

아니, 비상 브레이크가 아니다. 보닛을 여는 장치다.

그러더니 그가 의자를 휙 놓는다. 제이니를 향해 날아든 의자는 천장에 붙은 선풍기를 부순다.

제이니는 그게 보닛인지도 모른다.

제이니는 정신없이 의자가 뭔가를 때릴까 봐 사방을 둘러본다. 아니면 누군가라도.

제이니의 몸에 감각이 사라진다. 발이 브레이크 페달에서 천천히 떨어진다.
그녀의 차가 길에서 벗어나 구르기 시작한다.
매우 느리게.

하지만 아무도 없다. 제이니와, 손가락 칼을 가진 괴물 남자 외에는 아무도 없다. 문이 열리기 전까지는. 그리고 한 중년의 남자가 나타난다. 그는 제이니를 스쳐 걷는다. 여전히 슬로우 모션으로 공중을 날아오고 있는 의자의 다리에서 칼들이 자라기 시작한다.

차가 우편함을 지나친다.

의자가 중년 남자의 가슴과 머리를 때려 박는다. 남자의 머리가 깔끔하게 잘려서는 마룻바닥 위로 원을 그리며 구른다.

제이니의 차가 작고 지저분한 집의 앞마당에 있는 얕은 배수로에 마침내 멈춰 선다.

제이니는 손가락에 칼이 돋은 거대한 젊은 남자를 바라본다. 그는 죽은 남자의 머리로 걸어가더니 머리가 축구공인양 발로 찬다. 창이 커다란 소리를 내며 부서지고 그곳으로 눈이 부신 빛이 들어오는데-

11:31 p.m.

제이니는 신음을 흘리며 눈을 뜬다. 그녀의 머리는 운전대에 처박혀 있다. 입술에 상처가 나서 피가 흐른다. 에델은 다행히 폐차를 할 만한 정도는 아니다. 시력이 분명하게 돌아오자 그녀는 유리창을 살피고, 움직일 수 있게 되자 문으로 나갈 수 있는지 본다. 차 주변을 돌아보니, 다행히 차체가 손상을 입은 곳은 없어서 차를 바로 뺄 수 있을 것 같다. 그녀는 보닛을 부드럽게 닫고 차에 탄 후, 천천히 후진한다.

자신의 집 앞 차도에 도착하자, 안심이 되어 한숨이 나온다. 그리고 사이드 브레이크의 정확한 위치를 느낌으로 알 수 있도록 암기해 본다. 시동구에 꽂힌 채 달랑거리고 있는 열쇠를 보며 그녀는 생각한다.

'흠.'

다음번에는 더 잘 준비되어 있을 것이다.

어쩌면 자동변속기 차량을 살 수 있을지도 모른다.

제발 그런 일이 고속도로에서만은 일어나지 않기를 바랄 뿐이다.

12:46 a.m.

제이니는 침대에 누워 있지만 깨어 있다. 겁에 질린 채.

기억 속에서, 날카로운 칼날이 내는 소리를 분명하게 들을 수 있다. 그게 누구의 꿈이었든 간에 아무튼 그 꿈을 생각하지 않으려고 애를 쓸수록, 더 그 꿈에 대해 생각하게 될 뿐이다. 그 길로는 다시는 운전해서 다니지 않으리라.

제이니는 양료원의 새 친구 스투빈 양처럼 자신이 홀로 생을 마감하게 될까 걱정된다.

아니면 자동차 사고로 죽거나. 바로 그 멍청한 꿈의 저주 때문에.

2005년 8월 25일

캐리가 제이니에게 편지를 가져온다. 제이니는 티셔츠에 짧은 추리닝 바지를 입고 있다. 덥고 습한 날씨이다.

"스케줄이 나왔어. 3학년이야, 제이니! 이제 시작이라고!"

캐리가 말한다.

둘은 흥분된 상태로 서로의 스케줄을 같이 열어 본다. 그들은 스케줄 표를 거실 탁자에 나란히 내려놓고 일일이 비교해 본다.

두 사람의 얼굴이 나란히 흥분에서 실망으로, 그리고 다시 흥분으로 바뀐다.

"그러니까 보자, 1교시의 영어랑, 5교시 자습, 뭐 아주 끔찍한 수준까지는 아니네."

제이니가 말한다.

"그리고 점심도 같이 먹을 수 있어. 멜린다 스케줄 표는 어떤지 보고 올게. 금방 올 거야."

캐리가 집으로 향하려는 듯 일어난다.

"있지, 그냥 여기서 걔한테 전화해도 돼."

제이니는 눈을 굴리며 말한다.

"나, 나는, 그러니까……."

제이니는 캐리가 대답을 하기를 기다린다. 갑자기 모든 게 분명해진다.

"아, 그래. 왠지 알았다. 착신 번호. 헛, 캐리."

캐리는 자신의 신발 끝만 바라보다가 말없이 나간다.

제이니는 아이스크림을 찾아 냉장고를 뒤진다. 그녀는 통째로 아이스크림을 먹어치운다. 기분이 엿 같다.

2005년 9월 6일, 7:35 a.m.

캐리와 제이니는 각자 학교로 향한다. 제이니가 3시부터 일을 해야 하기 때문이다. 캐리의 차가 출발하며 경적을 울리는 소리가 들리자, 제이니는 창문을 향해 손을 흔들어 준다.

'이제 시작이구나.'

제이니는 생각한다.

제이니는 고등학교의 마지막 해가 시작된 것이 조금 기쁠 뿐이다. 그녀는 점심시간 이후의 자습실 사용이 전혀 반갑지 않다.

그녀는 이를 닦고 백 팩을 움켜쥐고 문으로 향하기 전 마지막으로 거울을 보며 점검한다. 그녀는 앞에서 달리던 버스가 빨간 불에 멈추자 뒤따라 선다. 버스에 타기 위해 앞쪽 계단을 오르고 있는 신입생들을 보자 히죽 웃음이 나온다. 대부분은 5년 진에나 유행했을 법한 스타일의 옷을 입고 있다. 아마도 헌옷이나 손위형제들에게 물려 입었을 옷들.

"직업을 구하면, 여기 사우스 필드리지에서 탈출하고 말 거야."

제이니는 중얼거린다.

에델이 부르르 떤다.

제이니는 빨간 불이 끝나자 차를 출발시킨다. 지난번의 그 웨이벌리 로드의 "나쁜" 집이 나오기 전에 그녀는 우회로로 차를 돌린다. 어떤 위험도 감수할 수는 없다. 낡은 백 팩을 맨 채 그녀가 가는 방향으로 길을 따라 걷고 있는 사람을 발견했을 때, 마침 천천히 주행하던 참이다. 처음에, 그녀는 그를 알아보지 못한다.

다음 순간, 그가 누군지 생각난다.

그는 전혀 달라 보인다.

게다가 스케이트보드를 들고 있지도 않고.

제이니는 창문을 열고 소리친다.

"스쿨버스를 놓친 모양이지? 타. 태워 줄게."

케이벨이 경계하는 눈으로 제이니를 바라본다. 그는 몹시 어른스럽게 보인다. 최신 유행의 멋진 무테안경을 끼고 있다. 턱은 분명히 각진 모양이다. 좀 말라 보이는 동시에 근육질처럼 보인다. 어깨 길이로 웨이브 진 머리카락은 가볍게 층을 냈는데, 더 이상 검푸른 색도 아니고 기름지지도 않다. 옅은 금갈색이다. 작년엔 눈을 가리던 긴 앞머리를 올해엔 귀 뒤로 단정히 넘기고 있다. 깔끔하게 썻은 모양이다. 그는 잠시 망설이다가, 조수석 문을 연다.

"고마워."

케이벨의 목소리는 낮고 거칠다.

"으."

무릎을 어떻게든 뻗어 보려고 애쓰며 케이벨이 신음을 내뱉는다. 제이니는 자신의 다리 사이로 팔을 뻗으며 말한다.

"너도 네 걸 잡아."

케이벨이 눈썹을 올린다.

"좌석 조절 장치 말이야, 이 멍청아. 그걸 둘이 같이 잡아당겨야 해. 이건 벤치형 시트라서. 이젠 이해하겠지."

두 사람은 함께 시트를 뒤로 조금 민다. 제이니는 클러치에 여전히 발이 닿는지 확인해 본 후, 케이벨이 문을 닫자 기어를 1단에 넣는다.

그가 문득 말한다.

"너 길을 잘못 든 모양이구나."

"나도 알아."

"길을 잃거나 뭐 그런 모양이지."

"아, 제에발. 난, 난 우회로를 고른 것뿐이야. 이제 웨이벌리 로드로는 안 다녀서 그래. 미신 같은 걸 좀 믿는 편이라."

그가 그녀를 힐끗 보더니 어깨를 으쓱한다.

"뭐, 네 맘이지."

그들은 이상한 침묵 속에서 5분 정도를 함께 간다. 제이니는 조용히 눈을 굴리다가 묻는다.

"그래서. 네 스케줄은 어때?"

"모르겠는데."

"그래애애애……."

대화는 바로 흐지부지된다.

잠시 후, 그가 자신의 백 팩을 열더니 아직 열어 보지도 않은 봉투를 꺼낸다. 마치 그게 엄청난 수고를 요하는 하기 싫은 일이라는 듯이 봉투를 찢어 연 그는 자신의 스케줄을 들여다본다.

"영어, 수학, 스페인어, 기술, 점심, 자습, 행정학, 체육."

지루한 목소리다.

제이니는 민망한 기분이다.

"으으음. 재미있겠다."

"그래서 네 건?"

게이벨이 어찌나 공손하게 묻는지, 마치 할머니랑 대화를 하도록 강요받은 손자 같다.

"그게, 아…… 사실은……, 네 스케줄 표랑 비슷해. 응."

그녀는 한숨을 내쉬고, 그는 웃음을 터뜨린다.

"그렇게 억지로 어마어마하게 즐거운 척 하지 않아도 돼, 해너건.

내 시험지를 커닝할 수 있게 허락해 줄게."

제이니는 얼굴을 찌푸리고 미소를 짓는다.

"그래, 맞아! 어쩜 딱 내가 바라던 바야."

케이벨이 그녀를 바라보며 묻는다.

"너, GPA 점수가?"

그녀는 콧방귀를 끼며 대답한다.

"3.8."

"어, 그럼, 너한테는 내 도움이 그다지 필요하진 않겠구나."

"네 점수는 몇 점인데?"

그는 자리에 몸을 묻으며 자신의 스케줄을 가방 안으로 아무렇게나 쑤셔 넣는다.

"모르겠는데."

이번 대화는 그동안 제이니가 케이벨을 안 이래로 케이벨이 제이니에게 가장 길게 말한 경우였다. 물론 두 사람이 함께 나눈 대화 중에서도 가장 길었다. 스케이트보드를 함께 타고 온 5킬로미터를 포함해도 그랬다.

12:45 p.m.

제이니는 캐리와 자습실에서 만난다. 상급생들은 도서관의 자습실을 마음껏 이용하면서 책과 컴퓨터에서 정보를 접할 수 있도록 허락된다. 자는 것보다 더 실질적인 일을 할 수 있도록. 제이니는 자습실에서 가장 구석진 곳에 있는 테이블을 찾을 수 있길 바라고 있다.

"어땠어?"

제이니의 물음에 캐리가 대답한다.

"그냥 저냥. 멜린다랑 같이 듣는 유일한 수업은 영어뿐이야. 얘, 참, 너 전학생 봤어?"

"전학생 누구?"

"영어 수업에 들어왔었어."

제이니의 얼굴이 어리둥절해진다.

"난 전혀 몰랐는데?"

"아, 젠장! 저기 걔가 온다."

캐리가 몰래 둘러보더니 속삭인다.

제이니는 힐끗 둘러본다. 캐리는 제이니 쪽만을 뚫어져라 보고 있다. 감히 다시 둘러볼 생각은 하지도 않는다. 그는 그녀의 방향을 향해 고개를 까딱하고, 제이니도 그를 향해 손을 흔들어 보인다. 캐리를 향해, 제이니가 말한다.

"아, 너 쟤 얘기한 거야?"

"너 설마 바로 걔한테 방금 손 흔든 건 아니겠지?"

"누구한테…… 어, 누구라고? 아, 그래, 그랬지. 누구?"

"전학생 말이야! 내 말 듣고는 있는 거야?"

캐리가 의자에서 들썩거린다.

제이니는 천진하게 미소 짓는다.

"잘 봐."

제이니는 일어나서 그 전학생이 앉아 있는 테이블로 걸어가서 그의 맞은편에 있는 의자를 빼서 앉는다. 그녀의 자리에서는 캐리가 그들을 보고 있는 것이 아주 잘 보인다.

"저기 질문이 있는데."

제이니가 말한다.

"난 네가 내 도움은 필요치 않을 줄 알았는데."

그가 자신의 백 팩을 뒤지면서 대답한다.

"그런 종류 아니거든."

"말해 봐, 그럼."

"너 혹시 오늘 이상한 모습을 최대한 많이 보여 주려고 노력하는 중이니?"

그는 백 팩에서 노트를 꺼내더니 하얀 헐렁한 티셔츠 위에 입고 있던 셔츠를 벗는다. 되는 대로 대충 셔츠를 개서는 자신의 백 팩 맨 위에 놓고는 의자를 뒤로 빼더니 셔츠 위에 머리를 기댄다. 그의 근육질 팔이 방금 만든 베개를 둘러싸고 있다.

"무슨 말인지 모르겠어."

그가 안경을 벗더니 옆에 내려놓는다.

제이니는 사려 깊게 고개를 끄덕인다.

"그렇단 말이지. 그러니까…… 넌 네가 무슨 수업을 듣는지도 모르고, GPA가 몇 점인지도 모르고, 거기다 학교 내의 모든 여자애들이 네 새로운 스타일에 반해서 침을 줄줄 흘리고 있다는 것도 전혀 눈치 못 채고 있……."

"헛소리 그만해."

그는 눈을 감는다.

"그럼 대체 네 관심사는 뭔데?"

그가 눈을 뜬다. 베개에서 머리를 든다. 그는 제이니를 오랫동안 바라본다. 그의 눈은 부드러운 고동색이다. 제이니는 이전엔 이 사실을 미처 깨닫지 못했다.

아주 짧은 순간, 제이니는 자신이 그의 눈에서 뭔가를 봤다고 생각하지만, 그건 이내 사라진다.

"휴우. 내가 암만 말해도 넌 믿지 못할 거다."

순간 삐딱한 미소를 지어 보인 제이니는 어깨를 으쓱하고 머리를 가볍게 흔든다. 따뜻한 기분이 든다.

"날 믿어 봐."

케이벨은 조각 같은 눈썹을 추켜세운다.

"그러니까…… 언젠가……."

그녀는 고작 그렇게만 말한다. 그녀는 그의 셔츠를 주워들고는 단추가 안쪽으로 들어가게 다시 잘 접어 준다.

"이러면 얼굴에 단추 자국이 남지 않을 거 아냐."

"고마워."

그가 말하는 동안에도 그의 시선은 그녀를 떠나지 않는다. 그는 그녀의 눈동자를 계속 바라보다가 눈썹을 찌푸린다.

제이니는 목청을 가다듬는다.

"그러니까, 어, 내가 캐리에게 네가 전학생이 아니라는 소식을 전해줘도 될까?"

케이벨이 눈을 깜박거린다.

"뭐?"

"지금 이 학교의 여학생의 절반은 네가 전학생이라고 생각하고 있어. 케이벨, 왜 이래. 확실히 네가 작년하고 정말 많이 달라지긴 했잖아……."

단어가 갑자기 그녀의 혀 위에서 길을 잃고 이상한 소리를 낸다.

그가 혼란스러운 얼굴을 하고 있다.

"너 나를 방금 뭐라고 불렀지?"

제이니의 위장이 요동친다.

"음, 케이벨?"

그는 미소 짓지 않는다.

"너 내가 누구라고 생각하는 거야?"

어쩌면 그녀는 지금 누군가의 아주 이상한 꿈속에 있는데 그 사실을 깨닫지 못하고 있는 건지도 모른다.

그녀는 공황 상태다.

"아, 맙소사, 아."

그녀가 속삭인다. 그녀는 화들짝 자리에서 일어나서 그를 지나가려고 한다. 그 순간 그가 그녀의 팔을 잡는다.

"와아, 장난 끝. 앉아."

제이니의 눈에 눈물이 글썽인다. 그녀는 자신의 입을 가린다.

"맙소사, 제이니. 그냥 조금 장난친 거야. 미안해."

그가 여전히 제이니의 손목을 가볍게 붙든 채로 말한다.

그녀는 바보 같은 기분이 든다.

"자, 자, 해너건. 날 봐, 응? 내 얘기 좀 들어 봐."

제이니는 그를 쳐다보지 않는다. 캐리 쪽을 보니, 반쯤 일어선 채로 책장 너머로 이쪽을 뚫어져라 보고 있는 걱정스러운 얼굴의 그녀가 보인다. 제이니는 저리 가라는 손짓을 한다. 캐리가 다시 자리에 앉는다.

"제이니."

"으음, 내가 경비 아저씨를 부르기 전에 이제 그만 나 좀 놔줄래?"

제이니의 얼굴이 빨개진다.

케이벨은 마치 뜨거운 감자라도 되는 듯이 제이니의 손목을 떨어뜨린다.

그의 눈이 커진다. 그가 한숨을 내쉬며 먼 곳을 본다.

"잊어버려. 내가 병신같이 굴었어."

제이니는 자신의 테이블로 돌아와서 비참한 기분으로 자리에 앉는다.

"대체 무슨 상황이야?"

캐리가 화난 어조로 낮게 묻는다.

제이니는 캐리를 보고 어떻게든 침착한 미소를 지어 보이려고 애쓴다. 그녀는 머리를 흔든다.

"아무것도 아니야. 전학생이 그냥 나한테…… 그러니까……."

그녀는 펜을 찾는 척하며 시간을 끈다.

"그러니까, 어, 내가 고급 수학 방정식 하나를 완전히 틀렸지 뭐야. 난…… 너도 알잖아. 나 틀리는 것 엄청 싫어하는 거. 수학은 내 전공인데, 너도 알지. 이제 난 공부 좀 해야겠다."

그녀는 종이 한 장을 꺼낸 후 수학책을 펼친다.

"휴, 제이니. 너 완전 걔가 널 죽이겠다고 협박이라도 하는 것 같은 얼굴이었어."

제이니는 웃음을 터뜨린다.

"그랬나."

1:30 p.m.

행정학 시간에 케이벨이 제이니랑 눈을 마주치려고 여러 번 시도한다. 제이니는 그를 무시한다.

2:20 p.m.

체육 수업이다. 올해의 수업은 남녀 함께 진행된다. 학생들은 5대 5로 농구 게임을 돌아가며 진행한다. 여자 대 남자로.

제이니는 필드리지 고등학교가 생긴 이래 가장 어마어마한 파울을 저지른다. 전학생은 할 수만 있었다면 똑바로 서서 그게 자신의 실수라고 주장했을 것이지만 부위가 안 좋아서 그러지 못한다.

체육 교사들은 모여서 상의한 후, 여학생 대 남학생으로 몸을 부딪치는 운동을 진행한 것은 그다지 좋은 생각이 아니었다고 결론짓는다. 크레이터 코치는 제이니에게 화난 얼굴을 한다. 제이니 역시 그 표정을 돌려보낸다.

2:45 p.m.

제이니는 샤워가 끝나자마자 최대한 서둘러 몸을 말린 후 옷을 갈아입는다. 벨이 울린다. 제이니는 자신의 물건들을 챙겨서 차에 뛰어오른 뒤 일에 늦지 않게 출발한다.

8:01 p.m.

오늘 밤 헤더 양로원의 삶은 더 없이 행복할 정도로 고요하다. 제이니는 스투빈 양을 보러 갈 수 있게 서류 작업들을 마무리하고 바닥 청소 역시 일찍 마감한다. 그녀는 발을 살짝 구른 뒤 목청을 가다듬어 스투빈 양이 자신이 거기 있음을 알 수 있도록 한다.

"저에요, 제이니. 『제인 에어』의 챕터 몇 개를 들을 준비가 되셨나 해서요."

스투빈 양은 따뜻하게 미소 지으며 제이니의 목소리가 들리는 방향으로 고개를 돌린다.

"나야 정말 좋지, 너만 한가하다면."

제이니는 방문객용 의자를 침대 쪽으로 가까이 당겨 앉고는 지난번에 마지막으로 읽은 부분에서 시작한다. 그녀는 스투빈 양이 잠에 빠져드는 것을 눈치 채지 못한다.

8:24 p.m.

제이니는 작은 마을의 '중앙로'라고 불리는 거리 위에 서 있다. 모든 것이 오래된 영화처럼 흑백이다. 가까이에, 한 커플이 팔에 팔을 끼고 상점들을 들여다보며 걷고 있다. 제이니는 그들을 따라 걷는다. 상점 쇼윈도는 전부 평범한 것들로 가득 차 있다. 톱과 망치. 색실과 천. 빵 굽는 틀과 금속 틴 상자들. 건조식품들.

커플은 모퉁이에서 멈춰 선다. 제이니는 젊은 여자가 계속 울고 있었음을 깨닫는다. 젊은 남자는 군복을 입고 있다.

그는 모퉁이에 있는 건물 쪽으로 젊은 여자를 부드럽게 잡아당긴다. 그리고 그들은 열정적으로 키스를 나눈다. 그는 그녀의 가슴을 어루만지며 뭔가를 말하고, 그녀는 고개를 젓는다. 거절. 그가 다시 시도하지만, 그녀는 그의 손을 밀어낸다. 그가 다시 당긴다.

"제발, 마사. 내가 떠나기 전에 당신을 사랑할 수 있게 해 줘."

젊은 여인, 마사는 다시 안 된다고 말한다. 그러다 그녀가 돌아서서 제이니를 본다. 그녀의 눈에는 후회가 가득하다.

"꿈에서도 안 되는 걸까?"

마사는 말한 뒤, 제이니가 대답하기를 기다린다.

제이니는 젊은 남자를 본다. 그는 그 순간 그대로 얼어붙은 채, 마사를 너무나 사랑한다는 듯이 바라보고 있다. 마사는 눈을 크게 뜨고 제이니에게 시선을 고정한다.

"도와 줘, 제이니."

제이니는 깜짝 놀란 채, 어깨를 으쓱하고 고개를 끄덕인다. 그리고 마사는 눈물을 흘리며 미소를 짓는다. 그녀는 젊은 남자에게로 돌아서서 그의 얼굴, 그의 입술을 어루만진 후, 고개를 끄덕인다. 그들은 길을 따라 걸어 내려가, 제이니에게서 멀어진다. 제이니는 그들을 따라 한 발 내딛지만, 더 이상 이 꿈을 엿보고 싶지 않다. 이건 너무 은밀한 꿈이다. 그녀는 스투빈 양의 방에 있는 의자에 할 수 있는 한 최선을 다해 집중한다. 그리고 양로원으로 돌아갈 수 있도록 애를 쓴다.

오후 8시 43분이다. 제이니는 정신을 차리도록 머리를 흔든다. 놀랐다. 천천히, 그녀의 얼굴 위로 미소가 퍼져나간다. 그녀는 해냈다. 그녀는 드디어 꿈속에서 스스로를 빼냈다. 그리고 그 꿈속으로 다시 빨려 들어가지도 않았다. 제이니는 조용히 싱긋 웃는다.

스투빈 양은 평화롭게 잠들어 있다. 그녀의 여위고 지친 입술 위로 미소가 떠올라 있다. 가엾은 스투빈 양이 좋은 꿈을 꿀 수 있는 건 참 멋진 일이 틀림없다.

제이니는 책을 탁자 위에 올려두고 조용히 방을 빠져나온다. 그녀는 불을 끄고 문을 닫고 스투빈 양이 그녀의 군인과 단둘이 은밀한 시간을 보내길 바란다.

그가 죽기 전에.

그리고 그녀는 결코 다시는 기회를 갖지 못했으리라.

2005년 9월 9일, 12:45 p.m.

"왜 그 전학생이 케이벨 스트럼헬러라고 말 안 해 준 거야?"

캐리가 으름장을 놓는다.

제이니는 책에서 고개를 든다. 그녀는 그들이 도서관에서 늘 앉는 자리에 앉아 있다. 그녀는 달콤한 미소를 짓는다.

"왜냐면 내가 얼간이라서?"

캐리는 웃음을 간신히 참는다.

"그래, 넌 얼간이야. 그리고 나도 네가 케이벨을 학교까지 태워다 주는 거 다 알아."

"그건 걔가 버스를 놓쳤을 때만이었어."

제이니는 가볍게 대꾸한다.

캐리는 그녀에게 음흉한 미소를 보낸다.

"그래, 그렇겠지. 그나저나, 내가 졸업앨범 위원으로 뽑혔지 뭐야. 아마 자습 시간에 자리를 많이 비우게 될 거 같아. 지금도 막 첫 미팅에 가려던 참이야."

제이니는 아까부터 읽고 있던 연극 대본에 정신이 쏠린 채 손을 흔든다.

"재미나겠다. 잘해 봐."

그녀는 의자에 깊숙이 몸을 묻고 반대편 의자 위로 발을 올린다. 그녀는 다음 달에 영어 수업에서 캐나다 스트랫포드로 가는 것에 대비해 『카멜롯』을 읽는 중이다.

지금까지도 그랬고 앞으로도 그렇겠지만, 그녀는 언제나 자신의 근방에서 잠들려고 하는 사람이 있는지 책장 너머를 항상 주시한다. 악몽만 아니라면 근방 5미터 안에서 벌어지는 일은 조절할 수 있을 거라고 판단한 상태다. 거리는 극적으로 늘어나는 중이다. 다행히도, 대부분의 학교 낮잠 수준은 "떨어지는" 꿈이나 "알몸 발표"라든가, 아니면 성적인 부분이 있는 꿈들 정도다. 그런 정도의 꿈들은 다행히 '바닥 위에 정신을 잃는' 일 없이 대개 처리할 수 있다.

그녀를 위협하는 건 마비가 찾아오면서 떨림을 주는 악몽들이다.

12:55 p.m.

그녀 앞에 있던 책이 없어진다. 제이니는 한숨을 쉬고는 테이블 위를 정돈한다. 그녀는 머리를 팔에 묻으며 눈을 감는다.

그녀는 둥둥 떠다니고 있다.

'제발 떨어지는 꿈은 아니었으면 좋겠는데.'

그녀는 떨어지는 꿈을 꿀 때마다 토할 것 같은 기분이 든다.

장면이 갑자기 전환된다. 이제, 제이니는 밖에 있다. 밖은 어둡다. 그녀는 홀로, 작은 헛간 뒤에 서 있는데 어디선가 웅얼거리는 목소리가 들린다. 이전에는 한 번도 이렇게 홀로 서 있는 꿈을 겪어 본 적이 없는데, 제이니는 어떻게 사람들이 자신이 나오지 않는 꿈을 꿀 수 있는지 도대체 알 수가 없다. 호기심이 발동한다. 이 꿈이 헛간의 벽이나 덤불이 폭발하는 누군가의 악몽만은 아니기를 바라며, 그녀는 초조하게 주변을 살펴본다.

저쪽 모퉁이에서 달빛으로 윤곽이 드러난, 불안할 정도로 거대하고 괴물 같은 형체가 다가온다. 괴물은 덤불을 헤집으면서 몸부림치고는 끔찍한 비명을 지르면서 하늘을 향해 양손을 들어올린다. 제이니는 손가락의 감각이 사라지는 느낌이 든다. 이 꿈에서 빠져나가려 애쓴다. 하지만 할 수가 없다.

그 형체의 기다란 손가락이 달빛 아래에 반짝거린다.

제이니는 헛간에 등을 기댄다. 그녀는 떨고 있다.

그로테스크한 형체가 칼날이 붙은 손가락을 서로 갈아 댄다. 귀청이

터질 듯한 소리가 난다.

제이니가 등을 기댄 헛간에서 끽 소리가 난다.

그 형체가 주위를 둘러본다. 그가 제이니를 본다.

그녀에게 다가온다.

그녀는 예전에도 이 녀석을 본 적이 있다. 그녀와 에델이 함께 도랑에 빠지기 바로 직전에.

제이니는 일어나서 도망치려고 한다. 하지만 다리가 말을 듣지 않는다.

그 형체의 얼굴은 몹시 화가 나 있지만, 자신의 칼날을 가는 행동은 진작 멈췄다. 녀석이 1.5미터 정도 앞으로 다가오자, 그녀는 눈을 감는다.

'어떤 것도 날 해칠 수 없어.'

제이니는 스스로에게 애써 말한다.

그녀가 눈을 떴을 때, 주변은 밝아져 있다. 그녀는 여전히 헛간 뒤에 있다. 그리고 그 진저리나고 위협적이던 형체는 정상적인 사람, 그것도 젊은 남자의 모습으로 바뀌어 있다.

그건 케이벨 스트럼헬러다.

또 다른 제이니가 제이니의 몸에서 빠져나가, 케이벨에게 두려움 없이 다가선다.

제이니는 헛간에 등을 기댄 채로 여전히 물러서 있다.

케이벨이 또 다른 제이니의 얼굴을 어루만진다.

그가 몸을 기울인다.

그가 그녀에게 키스한다.

그녀 역시 그에게 키스한다.

포옹을 풀고 한발 물러선 그가 헛간의 벽에 기대선 제이니를 바라본다.

눈물이 그의 뺨 위로 흘러내린다.

"도와 줘."

그가 말한다.

1:35 p.m.

종이 울린다. 제이니는 안개가 걷히는 걸 느끼지만, 움직일 수 없다. 아직은. 시간이 좀 더 필요하다.

1:36 p.m.

조금 더.

1:37 p.m.

어깨에 얹는 손길을 느꼈을 때, 제이니는 펄쩍 뛰어오른다.

1킬로미터, 1미터, 1센티미터…… 모르겠다.

그녀는 올려다본다.

"준비 안 해? 네가 종소리를 들었는지 아닌지 의심스러워서."

그녀는 그를 응시한다.

"너 괜찮은 거야, 해너건?"

그녀는 고개를 끄덕이고 책을 움켜쥔다.

"어어."

목소리가 아직 제대로 돌아오지 않았다. 그녀는 목청을 가다듬고는 제대로 말한다.

"괜찮아. 넌? 볼에 움푹 들어간 자국 생겼다."

그녀는 비틀거리며 미소를 짓는다.

"책에 기대서 잠이 들었어."

"그랬을 거 같더라."

"너도 그랬던 거야, 어?"

"난, 어, 엄청 피곤했던 모양이야, 아마도."

"너 좀 놀란 거 같다. 악몽이라도 꾼 거야?"

행정학 수업을 들으러 가는 동안 사람들로 붐비는 복도를 함께 걸으며 그녀는 그를 바라본다. 그가 자신의 손을 그녀의 등에 살짝 대고 있어, 걷는 동안에도 계속 이야기를 할 수 있다.

"꼭 그런 건 아니고. 넌?"

그녀는 천천히 대답하며 눈을 찌푸린다. 자신의 입에서 나오는 말들이 꼭 총알 같다.

종이 치는 순간 그가 문간에서 갑작스레 돌아서더니, 그녀의 얼굴을 살핀다. 가던 걸음을 갑자기 멈춘 채, 그녀의 얼굴을 탐색하는 그의 눈이 찌푸려져 있다. 그녀는 그의 눈에 담긴 혼란스러운 기색을 읽을 수 있다. 순간적으로 그의 얼굴이 붉어지는데, 그녀는 왜인지 확신할 수가 없다.

선생님이 다가와 손을 내저으며 그들더러 자기 자리에 앉으라는 시늉을 한다.

제이니는 교실 가운데 쪽 뒤에서 두 번째 줄에 앉으며 어깨 너머를 본다.

케이벨이 여전히 그녀를 뚫어져라 보고 있는데, 너무나 혼란스러운 기색이다. 그는 아주 가볍게 그의 머리를 흔든다.

그녀는 칠판을 보고 있지만 내용이 하나도 보이지 않는다. 머릿속이 복잡하다. 도대체 자신에게 뭐가 문제인 건지 궁금하다. 그리고 그런 꿈을 꿔 대는 케이벨의 문제는 도대체 뭔지도 궁금하다.

'쟨 알까? 내가 그 꿈속에서 자길 봤다는 걸?'

2:03 p.m.

종이 뭉치 하나가 제이니의 책상 위로 도착한다. 제이니는 움찔한 후 천천히 케이벨 쪽을 돌아본다. 자기 자리에 푹 주저앉은 채 공책에 뭔가를 끄적거리는 모양이 좀 지나치게 순진해 보인다.

제이니는 종이를 열어 본다.

천천히 구겨진 걸 편다.

그래, 아마도……?

쪽지엔 그렇게 쓰여 있다.

2005년 9월 29일, 2:55 p.m.

그녀의 차 보닛에 기대어 서 있는 긴 머리의 키 큰 형체는 케이벨

스트럼헬러의 것이다. 괴물들에 관한 꿈을 꾸고, 같은 꿈속에서 그녀에게 키스를 한 소년. 그의 머리가 젖어 있다.

"야."

제이니가 가볍게 부른다. 그녀의 머리 역시 젖어 있다.

"너 왜 날 피하는 거야?"

"내가?"

제이니가 한숨을 쉬며 말한다. 자신의 말이 거짓처럼 들린다는 게 느껴진다.

케이벨은 대답하지 않는다.

그녀는 차에 탄다.

시동을 건다.

주차장을 빠져나온다.

케이벨은 거기 선 채, 계속 바라보고 있다. 가슴 앞으로 팔짱을 낀 채. 그의 입술은 걱정스런 기색이다.

그녀는 몸을 기대며 창을 내린다.

"타. 지금쯤 이미 버스 놓쳤을 거 아냐."

그의 태도는 바뀌지 않는다.

움직이지도 않는다.

그녀는 망설이며, 1분 정도 더 기다린다.

그는 돌아서서 집 쪽으로 걷기 시작한다.

그녀는 그를 바라보며 짜증스런 한숨을 내쉬고, 차를 빠르게 몰기 시작한다. 코너를 돌 때 차 바퀴가 끼이익 소리를 낸다.

'멍청이.'

2005년 10월 10일, 4:57 p.m.

제이니는 진짜 자신의 꿈 속 동굴 안에서, 얇은 종이 위에 글을 써내려 간다:

나만 알고 있어야 해.

그래야만 해.

내가 너에 대해 알고 있는 사실 때문에.

다음 순간 그녀는 그것을 구겨 버리고, 성냥에 불을 붙인 후 종이를 재로 만들어 버린다. 바싹 타서 검게 남은 조각들을 바람이 길을 따라, 마당을 넘어 실어 간다. 그의 집으로. 버스를 타기 위해 한가롭게 걸어 나온 그의 앞으로 조각들이 날아간다. 재는 그의 발 바로 앞 구석 언저리에 모아져 있는 바스락거리는 할로윈의 낙엽들보다도 더 부드럽다. 그의 발걸음의 무게에, 재가 무너져 내린다. 바람이 재를 삼킨다. 아무 것도 없다.

7:15 a.m.

제이니는 일어났으나, 학교에는 늦을 거 같다. 그녀는 눈을 깜빡인다. 그녀는 지금껏 결코 꿈을 꿔 본 적이 없다. 적어도 기억하는 한 없다.

오직 다른 사람의 꿈을 경험했을 뿐이다.

적어도 그녀는 자신이 잠든 동안만큼은 잘 수 있었다.

그녀는 쭉 뻗은 지저분한 금발 머리를 빗으로 억지로 훈계하듯

빗어 내린 후, 이를 할 수 있는 한 가장 빠른 속도로 닦고, 청바지 앞주머니에 2달러를 쑤셔 넣은 뒤, 백 팩을 집어 들고 자동차 열쇠를 찾아 이리저리 훑어본다. 열쇠는 부엌 식탁 위에 있다. 그녀는 열쇠를 움켜쥔 뒤 잠옷을 입고 있는 어머니에게 인사를 하고 나선다. 그녀의 어머니는 싱크대 앞에 서서 팝타르트(미국 과자. 아침 대용으로도 많이들 먹는다 — 옮긴이)를 먹으며 아무 목적 없는 시선으로 창밖을 바라보고 있다.

"늦을 거예요."

제이니가 말한다.

그녀의 어머니는 응답하지 않는다.

제이니는 문을 쾅 닫지만, 화가 나서는 아니다. 그저 급해서이다. 그녀는 차에 올라 필드리지 고등학교로 달려간다. 수업 종이 울리는 순간, 교실 앞까지 성큼성큼 10걸음 정도 남아 있다. 학생들 절반이 비슷하게 달려온다. 문에서 가장 가까운 줄 끝자리가 그녀의 자리라서, 책상에 미끄러지듯 들어가도 교실 누구도 대부분 눈치도 못 챈다. 캐리만이 졸린 미소를 지어 보인다. 교사가 다가오는 주말에 스트랫포드로의 상급생반 여행이 있을 거라는 얘기를 단조롭게 지껄이는 동안, 그녀는 몰래 수학 숙제를 끝마친다.

케이벨은 그녀 쪽으로 등을 보인 채 앉아 있다. 그녀는 그의 머리카락을 만지고 싶은 충동을 느낀다. 닿을 수만 있다면 그랬을 것이다. 하지만 대신 그녀는 머리를 흔든다. 그에 관한 자신의 감정이 너무나 혼란스럽다. 그가 그녀에게 대한 꿈을 꾼다는 걸 아는 것은 실제로 더 기이한 일이다. 특히 그가 그 끔찍한 괴물 남자가 된 모습을 보인 다음에 그러는 것은 더욱 그렇다. 그녀는 심지어 그가 조금은 무섭다는 걸 인정해야 할지도 모르겠다.

그리고 이제 그녀는 그가 어디에 사는지도 안다.

그녀의 집에서 고작 두 블록 떨어진 곳.

웨이벌리 로드의 작은 집에.

"객실 배정표다. 바꾸는 것은 허락하지 않겠다, 꿈도 꾸지 마."

퍼셀 선생님이 형광등처럼 돌돌 만 노락색 종이들을 각 줄의 맨 앞에 앉은 학생마다 손 가득 나눠주기 전, 머리 위로 종이 묶음을 태양처럼 흔들면서 단조롭게 말한다.

제이니는 킥킥 거리는 웃음소리와 끙 하는 신음 소리가 교실을 가득 매우는 모습을 지켜본다. 그녀 앞의 소년은 그녀에게 종이를 전달해 줄 때 몸조차 돌리지 않는다. 그는 종이를 어깨 위로 넘겨준다. 종이는 공중에 떠서 가볍게 날다가, 제이니가 붙잡기도 전에 제이니의 매끄러운 합판 책상 위에서 미끄러져서는 케이벨 스트럼헬러의 구두 아래에 쉿 소리를 내며 달라붙는다. 그는 인지할 틈도 없이 종이를 발로 차서 제이니 쪽으로 보낸다. 그의 머리카락이 어깨 근처에서 부드럽게 흔들린다.

목록대로라면 제이니는 노스 필드리지의 부촌 출신의 속물 세 명과 한 방에 배정되어 있다. 제이니를 싫어하는 멜린다 제퍼스, 멜린다의 친구로 역시 자연스럽게 제이니를 싫어하는 쉐이 와일더, 제이니를 없는 사람 취급하는 여자 축구팀의 주장인 사바나 잭슨이 그들이다. 제이니는 마음속으로 한숨을 내쉰다. 아마 가는 길 내내 버스에서 잠만 자야 할 것 같다.

하지만 몇 년의 시간이 흐른 지금에도, 멜린다가 여전히 거대한 가슴을 가진 캐리에 관한 꿈을 꾸는지 궁금하긴 하다.

오, 캐나다

2005년 10월 14일, 3:30 a.m.

제이니는 캐리의 집 주차로 앞의 더운 하늘 아래에서 캐리와 만난다. 졸음에 겨운 미소를 서로 주고받고는 인사도 생략한 채 제이니는 캐리의 트레이서의 조수석에 올라탄다. 그들은 침묵과 어둠 속에서 학교로 향한다. 제이니는 그저 이 시간에 운전하지 않아도 된다는 사실이 기쁠 따름이다.

학교 근처에 왔을 때에 그들은 케이벨 스트럼헬러를 지나친다. 그는 걷고 있다. 캐리는 속도를 늦추고 차를 세운 후 창문을 내린 다음, 같이 타고 갈지 묻는다. 하지만 케이벨은 미소와 함께 손을 저어 보인다.

"거의 다 왔는걸."

앞쪽 위로, 그레이하운드 버스(미국의 장거리 고속버스 전문 업체 ─옮긴이)가 학교 주차장 불빛 아래 어슴푸레하게 빛나고 있다.

제이니는 케이벨을 본다. 그와 그녀의 눈길이 짧은 시간 마주치지만, 그가 이내 고개를 숙인다. 제이니는 이 모든 게 엿 같다는 기분이 든다.

케이벨과 제이니의 주차장에서의 비전투는 앞으로 이어질 긴 비전투 시리즈의 시작일 뿐이었다. 그들은 싸우지 않을 뿐 아니라, 더이상 말도 하지 않는다.

하지만 제이니는 그를 보고, 키스를 한다. 도서관에서 그가 꾸는 꿈속에서만큼은.

그녀는 또한 불같이 화내는 미치광이 같은 그를 본다. 광폭하게 화난 얼굴로 손가락에 달린 칼로 한 중년 남자를 찌르고 베고, 마침내 머리를 자르고 또 자르고 또 자르고 반복하는 미치광이를. 오직 그가 다른 누구도 죽이지 않는다는 사실에 살짝이나마 안도할 수 있을 뿐이다.

어쨌든, 아직까지는 그렇다.

아직까지는, 그녀도 죽이지 않는다.

그리고 매번 그가 꿈을 꿀 때면, 제이니가 어떻게 그를 도울 수 있을지 알아내기 전에 항상 수업종이 울린다. 뭘 해서 그를 돕는담? 그를 도와, 어떻게?

그녀에게는 아무 방법이 없다. 그녀에게는 어떤 힘도 없다. 어째서 이 사람들은 전부 제이니에게 도움을 청하는 걸까? 제이니는 할 수가 없다.

그저.

아무 것도.

할 수 있는 것이 없다.

어쨌든 요즘 자습실에서는 더더욱 별로 할 것이 없다.

3:55 a.m.

늦잠을 잔 학생들, 지각생들, 그리고 아무것도 신경 쓰지 않겠다는 부류의 학생들까지도 속속 도착하거나, 인솔 선생님에게 동의서 편지를 전달한다. 캐리는 멜린다와 함께, 앞쪽 근처에 앉는다.

제이니는 맨 뒷줄 오른편, 창문 옆에 앉는다. 할 수 있는 한 모두와 떨어진 자리다. 그녀는 좌석 위의 선반에 작은 여행용 가방을 집어넣는다. 버스 앞쪽에 화장실이 있다는 사실이 기쁘다. 머리 위의 TV 모니터를 돌려서, 모니터의 푸른 빛이 눈부시지 않게 한 후 좌석을 뒤로 젖힌다. 하지만 등받이는 뒷벽에 부딪혀서 아주 조금만 넘어간다.

그럼에도 불구하고 버스에 사람이 다 타기도 전에, 제이니는 깜빡 잠이 든다.

4:35 a.m.

그녀는 얼굴에 쏟아지는 물세례에 깜짝 놀라 깨어난다. 그녀는 옷을 다 입은 채 호수 안에 있다. 카일이라는 이름의 소년이 그녀 위의 하늘에서부터 떨어지는 동안 내내 소리를 꽥꽥 지른다. 마침내 그가 물에 떨어지지만, 소년은 수영을 할 줄 모른다. 제이니는 손가락의 감각이 사라지는 느낌이 온다. 그녀는 발로 앞을 차서, 이 꿈을 멈추려고, 여기서 빠져나오려고 애쓴다.

그 다음 순간 꿈이 멈춘다.

제이니는 눈을 깜빡이고 깜짝 놀란 채로 일어나 앉는다. 그녀의 앞자리 넘어 그늘진 얼굴이 불쑥 나타난다.

"너 미쳤어? 대체 뭐야?"

카일이 묻는다.

"미안해."

제이니가 속삭인다. 심장이 쿵쿵 뛰고 있다. 익사하는 꿈은 가장 나쁜 종류다. 뭐, 대부분의 경우에 그렇다.

시력을 제대로 찾으려고 애쓰는 사이, 귓가에 부드러운 속삭임이 들린다.

"너 괜찮아, 해너건?"

케이벨이 슬그머니 자신의 팔을 그녀에게 두른다. 그의 목소리는 걱정스럽다.

"너 떨고 있잖아. 너 혹시 방금 발작이나 그 비슷한 거 일으킨 거야? 버스 세우고 좀 쉴래?"

제이니는 그를 본다.

"아, 안녕."

그녀의 목소리가 버석버석 갈라져 나온다.

"네가 거기 있는 줄 몰랐어. 음…….."

그녀는 눈을 감는다. 생각하려고 애쓰면서. 약한 손가락을 들어 올린다. 그녀에게 시간이 좀 필요하다는 것을 그가 알길 바라며. 하지만 벌써 다음 차례가 오고 있다는 느낌이 든다. 그녀에게는 시간이 많이 없다. 그녀는 그를 준비시켜야만 한다. 선택이 없다.

"케이벨. 내가 다시 비슷한 발작을 보인다 하더라도, 너무 놀라거나 하지 마, 응? 절대 버스를 멈출 필요도 없어. 선생님을 부르지도 마, 아 맙소사, 안 돼. 무슨 일이 벌어져도."

그녀는 팔걸이를 움켜쥐고 눈앞에 보이는 영상과 계속 싸운다.

"날 좀 믿어 줄래? 날 믿고 그냥 무슨 일어나든 내버려 둬 줄래?"

집중하는 고통은 고문에 가깝다. 그녀는 생각을 계속 하기 위해서 움찔거린다.

"아, 다 좆까라 그래!"

그녀는 속삭이듯 내뱉는다.

"이 여행을 간다는 거 자체가 나로서는 멍청한, 멍청한 짓이었어. 부탁이야, 케이벨. 도와줘. 절대…… 다른 사람이…… 아악! ……날 못 보게 해 줘."

케이벨이 제이니를 얼빠진 듯 바라본다.

"알았어. 알았어, 맙소사."

하지만 그녀는 이미 떠났다.

꿈이 그녀를 무차별 없이, 모든 방향에서 쉴 새 없이 덮친다. 제이니는 이미 감각의 과부하 상태다. 이것은 오직 그녀만의 물리적, 정신적, 감정적인 세 시간짜리 악몽이다.

7:48 a.m.

제이니는 눈을 뜬다. 누군가가 휴대폰으로 이야기를 하고 있다.

안개가 걷히고 다시 볼 수 있게 됐을 때, 마침내 케이벨이 그녀와 눈을 마주친다. 그의 눈, 그의 머리카락은 몹시 화난 상태다. 그의 얼굴이 하얗다. 그는 팔로 그녀의 어깨를 두르고 있다.

그녀를 붙들고 있는 것에 가깝다.

그녀는 울고 싶은 기분이 들어, 조금 운다. 그녀는 눈을 감고 움직이지 않는다. 움직일 수 없다. 눈물이 새어 나온다. 케이벨이 엄지손가락으로 부드럽게 그녀의 뺨을 닦아 준다.

그것이 그녀를 더 심하게 울게 한다.

.

8:15 a.m.

버스가 멈춘다. 차는 맥도널드의 주차장에 멈춰 선다. 모두가 버스에서 내린다. 제이니와 케이벨을 제외한 모두가.

"가서 음식 좀 사."

그녀가 간신히 지친 속삭임으로 말한다. 그녀의 목소리는 아직 돌아오지 않았다.

"됐어."

"진심이야. 난 괜찮을 거야, 여기 모두가…… 나갔잖아."

"제이니."

"네가 나 대신 좀 가서 아침 샌드위치 좀 사다 줄래? 난 좀 먹어야될 것 같아. 뭔가를. 뭐라도. 내 코트 오른쪽 주머니에 돈이 있어."

제이니는 여전히 숨 쉬기도 어렵다. 팔을 들어 올리려는 노력조차 너무 힘들어 보인다.

케이벨이 그녀를 본다. 그의 눈은 지친 기색이다. 피곤으로 흐릿하다. 그는 안경을 벗더니 콧대를 잡고 눈을 비빈다. 그러고는 깊은 한숨을 내쉰다.

"너 정말 괜찮겠어? 5분 안으로는 돌아올게."

그는 그녀를 떠나고 싶지 않은 모양이다.

그녀는 반쯤 지친 미소를 짓는다.

"괜찮을 거야. 부탁이야. 뭐라도 먹지 않으면 정말로 제대로 설 수 없을 거 같아. 생각했던 것보다 그게 너무, 너무 힘들었거든."

그는 잠깐 망설였다가 그녀의 어깨 뒤에 두르고 있던 자신의 팔을 푼다.

"금방 올게."

그가 버스를 뛰어 나간다. 그녀는 그가 사라지는 모습을 창문으로 지켜본다. 그는 텅 빈 드라이브스루(차를 타고 주문을 하는 곳—옮긴이)로 달려가 마이크를 두드린다. 제이니는 미소를 짓는다.

'저런 멍청이 같으니.'

그는 아침 샌드위치와 해시 브라운, 커피, 오렌지 주스, 우유, 그리고 초콜릿 셰이크 같은 여러 가지 주문으로 가득 찬 종이가방을 들고 돌아온다.

"네가 뭘 좋아할지 몰라서."

제이니는 간신히 발버둥치듯 일어나 앉는다. 주스를 뜯어 다 없어질 때까지 목구멍에 들이붓는다. 우유도 마찬가지로 다 마신다.

"해녀건 너, 맥주도 그런 식으로 들이붓니?"

그녀는 그가 자신의 이상한 행동에 대한 질문을 하지 않고 있다는 사실에 감사해하며, 미소 짓는다.

"맥주로 시도해 본 적은 없어."

"아마 그게 현명할 거야."

"너는? 그래 본 적 있고?"

그녀는 샌드위치를 한 입 베어 물었다.

"난 별로 술 안 마셔."

"여기저기서, 조금도 안 해?"

"전혀."

그녀는 그를 본다.

"난 네가 좀 더 파티를 즐기는 스타일일 거라고 생각했는데······. 마약은?"

그는 짧은 순간 망설인다.

"전혀."

"와아. 아니, 그게 그러니까, 요 몇 년 간, 분명히 네가, 상태가 좀 별로인 것처럼 보였기 때문에 난······."

그는 조용하다. 예의바르게 미소를 지으며, 그녀가 먹고 있는 샌드위치를 보며 고개를 끄덕인다.

"고맙구나."

"미안해."

그는 그녀가 먹는 동안 앞좌석들을 바라본다. 그녀는 그에게 샌드 위치를 하나 건네고, 그는 그걸 받아들고는 포장을 벗기고는 천천히 먹는다. 그들은 침묵 속에 앉아 있다.

제이니는 큰 소리로 트림을 한다.

그가 그녀를 보더니 활짝 미소를 짓는다.

"맙소사, 해너건. 트림 대회에 나갔어야 할 실력이다."

그들은 초콜릿 셰이크를 나눠 마신다.

8:35 a.m.

다른 학생들이 두셋 짝을 지어 버스에 오른다. 몇몇은 바깥에 서 서 담배를 피운다.

8:41 a.m.

버스가 다시 움직이기 시작한다.

"이젠 어떻게 하지?"

케이벨이 묻는다. 그의 눈가에 걱정하는 기색이 비친다. 그가 손 가락으로 머리를 빗자 머리카락이 깃털처럼 흩날리다 떨어진다.

그녀는 무기력하게 어깨를 으쓱한다.

"만약 다시 똑같은 일이 벌어져도, 너무 걱정하지 마. 너에게 뭐라 고 해야 될지 모르겠다…… 하지만 적어도 할 수 있을 때에 이 모든 걸 설명하겠다고 약속할게. 그나저나 지금 우리 어디지?"

"거의 다 온 것 같아."

그녀는 주머니 근처를 뒤져서 10달러짜리 지폐를 찾아낸다.

"여기, 아침 값."

그가 고개를 흔들고는 돈을 밀어낸다.

"그냥 이걸 우리 첫 데이트 정도로 치자, 어때?"

그녀는 그를 한참 동안 바라본다. 뱃속이 요동치는 느낌이다.

"알겠어."

그녀가 속삭인다. 그가 그녀의 뺨을 만진다.

"너 몹시 지쳐 보인다. 좀 잘래?"

"누구 다른 사람이 그러기 전까지는, 그럭저럭 잘 수 있겠다."

그의 눈이 다시 이상하다는 빛을 띤다.

"그게 무슨 소리야, 제이니?"

그가 자신의 팔을 그녀 어깨에 두른다. 그녀는 대답 없이 그에게 머리를 기댄다. 몇 분 지나지 않아, 제이니는 부드럽게 잠이 든다. 그는 자신의 비어 있는 손으로 그녀의 손을 잡고, 그녀의 손에 자신의 손가락을 깍지 낀다. 그녀의 손을 보다가, 자신의 뺨을 그녀의 머리 위에 기댄다. 잠시 후, 그도 잠이 든다.

9:16 a.m.

제이니는 어두운 밖에 있다. 뒤쪽을 보니 그 헛간이 거기 있다. 그녀는 그가 오는가 보려고, 이번엔 헛간 주변을 걸어 본다.

그는 괴물이 아니라 보통의 모습으로 집 뒷문에 서서 안을 들여다보고 있다. 그 다음 순간 그가 문을 쾅 닫고는 말라서 노래진 잔디 위로 급히 걸어간다. 중년 남자가 그 문으로 확 튀어나온다. 남자는 그의 뒤를 쫓아 성큼성큼 걸으며 소리를 지른다. 한 손에는 석유통처럼 생긴 직사각형 모양의 깡통을 들고, 다른 손에는 담배와 맥주를 들고 있다. 그는 케이벨을 향해 소리소리 지른다. 케이벨이 돌아서 그를 마주본다. 중년 남자가 그를 비난하는 동안, 케이벨은 그저 얼어붙은 듯 거기 서 있다. 남자가 다가오기를 기다리면서.

남자가 케이벨의 얼굴로 주먹을 날리고, 케이벨은 쓰러진다. 등을 대고 누운 채 겁에 질린 게처럼 꿈틀거리던 케이벨은 거기서 벗어나려고 한다. 남자가 손가락질을 하며 직사각형 깡통을 짜자, 액체가 케이벨의 바지와 셔츠를 적신다.

다음 순간.

남자가 케이벨에게 담뱃불을 튕긴다.

케이벨에게 불이 붙는다.

화염에 휩싸인 채 바닥을 뒹군다.

학대당한 불쌍한 아기 토끼처럼 비명을 지르고 있다.

그 다음 케이벨이 바뀌기 시작한다. 그는 괴물이 되고, 불꽃이 사그라진다. 그의 손가락에서 칼이 자란다. 헐크처럼 그의 몸이 거대해진다.

제이니는 헛간 모퉁이 근처에서 이 모든 변화를 지켜본다. 전혀 보고 싶지 않다. 더 이상은. 이 광경의 증인이 되는 것은 너무나 역겹고, 너무나 끔찍한 기분이다. 그녀는 불쑥 돌아선다.

그런 그녀의 뒤에, 공포에 질린 채 그녀를 지켜보고 있는 케이벨이 서 있다.

바로 뒤.

9:43 a.m.

제이니는 시야가 명확해지기를 영원 같은 심정으로 기다린다. 돌아오려는 감각이 느껴지자 그녀는 정신없이 일어나 앉는다. 그녀는 그를 찾아 더듬거린다.

케이벨은 상체를 구부리고 있는데, 손 위에 머리를 얹고 있다.

그가 몸을 떨고 있다.

그가 그녀를 돌아보는데, 격분한 얼굴을 하고 있다.

목에서 쇳소리가 난다.

"너 이게 다 무슨 엿 같은 경우야?!"

제이니는 도대체 무슨 말을 해야 할지 모른다.

조용한 그의 분노가 좌석을 흔든다.

10:05 a.m.

그들이 스트랫포드에 도착할 때까지 케이벨은 말을 하지 않는다. 그 다음 그가 한 말이라고는 차가운 "안녕." 뿐이다. 그는 버스에서 내려 자신의 방으로 향한다.

제이니는 그가 가는 모습을 바라본다.

그녀는 눈을 감았다가, 다시 뜨고, 자신의 방으로, 케이벨과는 다른 방향으로, 치어리더의 뒤를 따라 이동한다.

안에 들어가자 또 한 번, 그들은 나머지 하나를 모른 척한다.

제이니는 그런 부분에는 꽤 익숙하다.

2:00 p.m.

학생들은 로비에 모인다. 「카멜롯」은 30분 뒤에 시작한다. 제이니는 버스에 올라, 몹시 지친 상태로 이번에도 맨 뒷줄에 앉는다.

케이벨은 나타나지 않는다.

2:33 p.m.

연극이 시작한다. 제이니는 오케스트라 석을 사양하고 근처 빈 발코니 석을 찾아본다. 그녀는 그 자리에서 3시간 동안 곤히 잔 후, 막이 내릴 때 일어난다. 그녀는 다시 오케스트라 석으로 돌아가 버스로 돌아가는 다른 학생들을 뒤따른다.

6:01 p.m.

버스는 피자헛에서 멈춘다. 저녁 연극을 보러 가기 전까지 한 시간의 식사 시간이 주어진다.

제이니는 1인용 피자를 포장한 다음, 버스에서 먹은 후 잠이 든다. 그 자리에서 연극 상연 동안 내내 잠을 잔다. 아무도 그녀가 버스에서 내리지 않았다는 사실을 눈치 채지 못한 것처럼 보인다.

11:33 p.m.

버스가 도착했을 때, 대부분의 아이들은 허기진 채로 호텔로 돌아간다. 제이니는 침대 위로 쓰러진다. 감각이 사라지는 느낌이지만, 이번에는 누군가의 꿈 때문이 아니다. 이번만큼은 아니다. 그녀는 케이벨을 생각한다. 어두운 방에서 베개에 얼굴을 묻고 조용하게 운다. 난방기가 시끄럽게 돌아간다. 여자 축구팀의 주장인 사바나가 그녀 건너편의 침대보 위로 무너진다. 그들은 서로 아무 말도 하지 않는다. 그들은 서로의 침대 양끝에서 각자 뒹군다.

2005년 10월 15일, 1:04 a.m. ‐ 6:48 a.m.

제이니는 하나의 꿈에서 또 다른 꿈으로 계속 점프한다.

사바나는 미국 여자 축구 팀을 만드는 꿈을 꾼다. 그 과정에서 전설의 미아 햄(미국의 전직 여자 축구 대표 선수 — 옮긴이)과 미팅을 갖는다. 미아 햄이 은퇴했음에도 불구하고 말이다. 놀랍게도, 이 꿈은 드라마「리지 맥과이어」의 에피소드 중 하나임이 틀림없다. 제이니가 사바나가 자신에 대해 조금이라도 알고 있을지 막 궁금해 하는 순간, 사바나의 꿈이 버스에서 제이니의 앞자리에 앉았던 소년, 카일에 관한 것으로 바뀐다.

'저런, 흥미로운 조합이네.'

제이니의 호기심이 쏠린다.

멜린다의 꿈으로 전환되기 전까지.

멜린다의 꿈에서는, 전혀 놀라울 것도 없지만, 세 명이 참여하는 난교 파티가 벌어지고 있다. 참가자는 멜린다의 옆 침대에서 자고 있는 쉐이 와 일더, 그리고 캐리이다. 섹스는 처음에는 정상적이지만 다음 순간 믿을 수 없을 만큼 조잡해진다. 적어도 제이니의 의견으로는 그렇다. 캐리와 쉐이 의 몸은, 대충 표현해 보자면, 비율이 엉망진창이다. 제이니는 처음으로 다른 누군가의 꿈에서 몸을 돌리는 데에 성공한다.

그걸 중요한 승리로 치기로 했다.

그 다음 쉐이가 있다.
쉐이는 케이벨 스트럼헬러에 관한 꿈을 꾼다.
아주 여러 번.
그것도 아주 여러 번 다양한 방식으로.

아침이 되자, 제이니는 쉐이가 마음속 깊이 싫어진다. 눈 아래에 는 심각한 다크서클이 생긴다.

8:08 a.m.

쉐이, 멜린다 그리고 사바나는 아침을 먹으러 간다. 마티네(연극 등의 주간 공연 ─ 옮긴이)는 10시다.

"버스에서 봐."

101

그녀는 굶주려 죽을 것 같은 상태이지만 말한다. 다른 여자애들은 대답할 생각조차 안 한다. 그녀는 눈을 굴린다.

그녀는 샤워를 한 후 머리에 수건을 감고 나와 다시 침대로 쓰러진다. 정오에 맞춰 알람을 설정한다. 버스는 짐과 함께 3번째 연극 관람을 선택하지 않는 학생들을 픽업하러 1시에 돌아올 것이다.

8:34 a.m.

제이니는 그녀의 생애 두 번째 꿈을 꾼다. 그녀는 홀로 어두운 호수로 가라앉는 중인데 구명줄을 든 케이벨이 호숫가에 서 있지만 그녀에게 줄을 던져 주지 않는다. 그녀는 미친듯이 그에게 손을 흔들지만 그는 그녀를 볼 수 없다. 그녀는 물 아래로 천천히 미끄러진다. 물 아래에서 그녀는 같은 처지의 다른 사람들을 볼 수 있다. 아기들, 아이들, 십 대들, 어른들. 그들 모두가 그저 수면 아래에서 둥둥 떠다닐 뿐, 구조를 요청할 수도 없다.

왜냐하면 그들은 모두 죽었기 때문이다.

그들의 눈알이 불룩하다.

그녀는 알람이 울릴 때 비명을 지른다. 수건은 머리 위로 떨어져 있고, 머리카락은 엉클어져 있지만 그녀는 뒤쪽이라 보지 못한다.

문 쪽에서 다급한 노크 소리가 들린다.

바로 그다.

그는 음식이 든 봉투를 들고 있다.

몹시 슬퍼 보이는 얼굴로.

그는 그녀를 방으로 밀어 넣으며 문을 닫고 잠근다. 그녀의 손을 잡고 그녀를 안는다. 그가 애걸한다.

"난 이해가 안 가. 그저 이해가 안 가서 그래. 나한테 왜 그랬어?"

그는 산산조각난 사람 같다.

그리고 그건 그녀도 마찬가지다.

"내가 다 설명할게."

제이니가 말한다. 그리고 자신의 얼굴을 그의 셔츠에 묻고 울음을 터뜨린다.

"그냥 나 집으로 좀 데려다 줘."

그들은 침대 위로 무너지듯 주저앉아, 그저 서로를 조용히 붙들고 있다.

그저 그렇게 서로를 안고 있다.

그러고 나서, 집에 갈 시간이 온다.

2:00 p.m.

제이니와 케이벨은 다시 뒷좌석에 함께 앉는다. 캐리와 멜린다가 그들 앞좌석에 앉는다. 복도를 건너, 사바나와 카일이 함께 앉아 있다. 제이니는 이 모든 것들과의 내기에 응할 차례라고 스스로에게 상기시킨다.

사바나와 카일 앞자리에는 쉐이가, 적어도 쉐이의 짐이 자리를 차지하고 있다. 쉐이는 매우 화가 난 상태인데, 제이니를 무시하기로

103

결심한 모양이다. 그녀는 케이벨의 옆자리 복도 바닥에 앉아 케이벨과의 대화를 터 보려고 무던히 애쓴다. 케이벨은 냉담하고 거의 무관심하다.

이 점이 쉐이를 더 애쓰게 만든다.

캐리와 멜린다는 함께 수다를 떨려고 자기들 자리에서 돌아앉는다. 제이니가 창밖을 바라보는 동안, 케이벨은 간간히 얘기도 하고 농담도 한다. 그는 자신의 손을 그녀의 손 안으로 미끄러뜨린다.

곧 다른 여자애들도 눈치를 챈다.

캐리가 윙크를 보낸다.

멜린다는 불타는 눈으로 캐리를 본다.

쉐이는 복도에서 몸을 움직여 케이벨의 다리에 기대더니 자신의 눈썹을 미친듯이 깜빡거린다. 당혹스러울 정도로.

버스의 앞쪽에서, 아이들이 여기저기 돌아다니며 웃고, 노래하고, 떠든다. 다들 깨어서 웅성거리고 있다. 제이니는 창문에 머리를 기댄 채로, 고마운 혼수상태로 빠져든다.

7:31 p.m.

필드리지 고등학교로 돌아온다. 케이벨이 제이니를 부드럽게 흔들어 깨운다. 그녀는 자신이 어디에 있는지 의아해하며 일어나 앉는다. 케이벨이 그녀에게 활짝 미소를 짓고 있다.

"해냈구나."

그가 속삭인다. 그는 두 사람의 가방을 모아들고 그녀의 뒤를 따

104

라 버스에서 내린다. 그는 그녀와 함께 캐리의 차까지 걸어간다.

"얼른 타, 케이벨, 적어도 나한테 널 태워 줄 기회라도 줘야지. 뭐, 네가 쉐이의 차에 타고 싶…… 어머나, 걔가 이리로 오고 있어."

캐리가 눈을 이리저리 굴리면서 킥킥거린다. 케이벨의 눈이 커다래진다. 그는 한마디 대꾸도 없이 캐리의 차 뒷좌석으로 재빠르게 들어간다.

"여기서 나 좀 내보내줘. 망할 징그러운 치어리더들 같으니."

캐리가 웃음을 터뜨린다. 그녀는 주차장을 빠져나와 도로 쪽으로 천천히 움직이는 무리에 합류한다. 그녀는 케이벨을 돌아본다.

"그래서 넌 어디 살아?"

"웨이벌리. 너네 집에서 동쪽으로 두 블록 직진하면 돼. 하지만 오늘은 네가 불편하지 않다면, 제이니네 집에서 걸어갈게. 제이니는 우리 집 앞 도로에 어떤 미신을 갖고 있거든."

"그건 또 무슨 헛소리야?"

캐리가 코웃음을 친다.

제이니가 웃는다.

"아무 것도 아니야! 그 입 다물어, 케이브."

캐리는 자신의 집 주차로로 들어선다. 밖은 서늘하다. 상쾌하다. 제이니의 집 주차로에 주차되어 있는 에델의 지붕 위로 보름달이 주황색으로 빛난다. 캐리는 자신의 물건을 챙기더니 하품을 한다.

"나 그만 들어갈게. 나중에 보자, 얘들아."

그녀는 문까지 또각또각 걸어가서 그 안으로 사라지기 전, 문을 닫기 직전에 손을 흔든다.

제이니는 자신의 가방을 챙긴 후 캐리에게 손을 흔들어 인사한다. 그녀는 케이벨을 본다. 그들이 지금 이렇게 그녀의 집 앞마당에 있다니 기분이 이상하다. 그들은 문까지 함께 걷는다.

제이니는 최대한 긴장한 것처럼 들리지 않게 하려고 노력하며 말한다.

"잠깐 들어왔다가 갈래?"

"그럼. 난, 어, 우리가 이야기를 할 게 좀 있다고 생각하는데. 부모님들 집에 계셔?"

대답하는 그의 목소리는 편안하다.

"우리 어머닌 아마 자기 방에서 취해서 뻗어 계실 거야. 우리 가족은 그게 다야, 어머니랑 나."

"멋지네."

하지만 그는 그녀에게 이해한다는 얼굴을 해 보인다.

그들은 안으로 들어간다. 부엌 조리대 위에 빈 보드카 병이 다섯 병 정도 굴러다니는 것과 싱크대가 접시들로 가득 차 있다는 것 외에는 제이니의 어머니가 있다는 어떤 증거도 보이지 않는다. 제이니는 쓰레기통에 병들을 던져 넣는다.

"정신없어서 미안해."

그녀는 낮은 목소리로 말한다. 그녀는 당황스럽다. 어제 아침 그녀가 집을 나설 때만 해도, 집은 티끌 하나 없었다.

"신경 쓰지 마. 네가 그러고 싶다면 나중에 같이 치우면 돼."

제이니는 거실 쪽을 손짓해 보인다.

"으음. 우리 집은 이게 다야."

"너 여기서 자는 거야, 어?"

놀리는 어조는 아니다.

"아니, 내 방이 있어. 이리 와."

그녀는 그에게 자신의 방을 보여 준다. 텅 비고 깨끗한 방.

"좋네."

침대를 둘러보던 그가 갑자기 불쑥 돌아서서, 그들은 다시 거실로 걸어 돌아온다.

"배고파?"

"위장이 으르렁거리고 있어."

"뭐라도 먹을 게 있는지 한번 볼게."

제이니는 부엌 찬장과 냉장고를 살펴본 다음 빈손으로 나타난다.

"세상에! 미안해. 아무것도 없네."

그녀는 돌아서다가 그가 계속 그녀를 지켜보고 있었다는 걸, 그제야 깨닫는다.

"피자는 먹을 수 있을 거야."

"좋은 생각인데."

"해너건 너, 나가고 싶어?"

제이니는 한숨을 쉬면서 머리를 긁는다.

"사실은, 아니."

"좋아. 그럼 배달을 시키자."

제이니는 프레드 피자 앤드 그라인더스의 전화번호를 찾아내어 주문을 한다.

"30분 걸린대."

케이벨은 20달러 지폐를 꺼내서 거실 탁자 위에 올려놓고는 자리에 앉는다.

"케이브."

"응."

"이게 뭐야?"

"20달러란다, 해너건."

제이니는 한숨을 쉰다.

"여기서는 우리 서로 솔직하기로 해, 괜찮지?"

"물론이지. 우리의 관계라는 것이 오로지 솔직함을 기반으로 하는 거 아니겠어?"

그가 냉소적으로 미소를 지으면서 아래를 내려다본다.

그녀는 그 단어가 주는 불길한 무게에 놀라 움찔한다.

"저기, 미안해. 내가 설명할 게 정말 많다는 거 알아. 하지만 네가 내가 가진 것 이상으로 돈이 여유롭지 않다는 것도 난 잘 알고 있어. 그러니까 이번에는 내가 계산하는 게 어때?"

"거절한다. 다음 질문."

제이니는 그의 옆에 앉는다. 머리를 흔들며 포기한 채 대답한다.

"알았어."

그녀는 다리를 접어 깔고 앉은 뒤, 그의 얼굴을 마주 본다.

"좋아. 케이벨 넌 어떻게 그 꿈속에 두 번이나 들어 온 거야?"

그가 멀리를 보더니, 다시 제이니를 바라본다.

"어, 아주 그냥 직구네."

"그래."

"좋아…… 어…… 그러니까 그 질문에 대답하자면, 망할, 단서가, 나에게는 전혀, 없다는 거야. 그러니 내가 먼저 몇 가지 질문을 할 테니 네가 답을 좀 해 주는 쪽은 어떨까. 왜냐면 난 지금 네가 어떻게, 내 꿈속으로, 그저 안녕 하며 쳐들어 왔는지, 너무나 알고 싶어 죽겠거든."

제이니의 얼굴이 빨개진다.

"네 꿈들 일부는 정말 대단하더라."

"어이고, 그러셨나요."

케이벨은 앞으로 몸을 숙이며 그녀의 뺨을 붙든다. 그녀를 갑자기 잡은 그가 자신에게로 그녀를 당기더니 그녀의 광대뼈를 엄지로 쓴다. 그러고 나서 그는 자신의 입술을 그녀에게 겹친다.

제이니는 키스에 빠져든다. 그녀는 눈을 감고 자신의 손을 그의 어깨로 미끄러뜨린다. 그들은 한동안, 달콤하게 탐험하듯 키스한다. 케이벨은 자신의 손가락을 그녀의 머리카락 속으로 밀어 넣으며 그녀를 더욱 가까이 끌어당긴다. 하지만 그런 행동이 더 진해지기 전에 제이니가 그를 밀어낸다. 제이니는 자신의 갈비뼈가 고무가 되어 버린 것 같다. 그녀가 더듬거리며 말한다.

"젠장. 너…… 너……."

게으른 미소를 보이는 그의 입술은 여전히 젖어 있다.

"응?"

"너, 내가 상상했던 거보다 키스를 훨씬 잘하잖아. 심지어 네 꿈 속……."

멍해진 표정으로 그가 말한다.

"안 돼. 안 돼, 아냐, 아냐. 네가 거기에 있었다는 말은 감히 할 생각도 마."

그녀는 자신의 입술을 깨문다.

"어, 네가 자습 시간에 잠들지 않았다면, 난 아마 아무 낌새도 못 챘을 거야."

그가 당황해 하며 돌아선다.

"맙소사! 사생활은 신성한 거 몰라? 쳇. 아무래도, 정말 처음부터 설명을 시작하는 게 좋겠다."

제이니는 한숨을 쉬고 소파에 뒤로 기댄다. 꿈을 다시 체험하는 것만 같았다. 또 다시.

"짧은 버전을 원해? 난 사람들의 꿈속으로 빨려 들어가. 나도 어쩔 수가 없어. 내 힘으로 멈출 수가 없거든. 나도 그것 때문에 미칠 것 같다고."

그가 그녀를 오래 응시한다.

"알겠어, 음, 어떻게? 그것 참 기묘한 일이네."

"나도 몰라."

"최근의 일이야?"

"아니. 내가 기억하는 한 처음은, 내가 8살 때였어."

"그러니까, 그 꿈속에서, 그러니까 내 꿈속에서, 내가 네 뒤에 서서, 나 자신을 지켜보던…… 그 속……."

그가 고개를 든다.

"그래, 그게 네가 꿈들을 보는 방법이라 이거지, 그치? 내가 나를 보았던 것처럼. 내가 꿈을 꾸고 있는 동안에. 아아."

그는 자신의 관자놀이를 문지른다. 제이니가 부드럽게 말한다.

"정말 이상하지, 응? 나도 이 모든 게 진짜 이상하다는 거 알아. 미안해."

문에서 노크 소리가 들린다. 제이니는 조금 안도하며 벌떡 일어난다. 그녀는 돈을 움켜쥐고 나간다.

그녀는 거실 탁자 위에 피자와 2리터짜리 펩시를 내려놓고는 맥주, 컵, 냅킨, 그리고 종이접시를 찾아 부엌으로 간다. 그녀는 케이벨을 위해 펩시를 붓고, 맥주를 오픈한다. 그녀는 케이벨이 피자를 집어들 때 맥주를 한 모금 마신다.

"자. 이제 내가 피해망상 같은 거에 걸리기 전에 내 꿈에서 뭘 본 건지 말해 봐."

"알았어."

그녀는 갑작스레 조금 부끄러운 기분을 느끼며 말한다. 한 모금 더 마신 후에, 시작한다.

"헛간인지 그 비슷한 종류의 건물 뒤에 우리가 있었어. 그게 너희 집 뒷마당이야?"

그가 피자를 우물거리며 고개를 끄덕인다.

"어제까지는 말이야, 난 네가 그 '괴물 남자' 같은 형태일 때를 봐 왔어."

그녀는 그걸 정확히 뭐라 불러야 할지 모르는 채로 움찔한다.

"그 괴물은 집 안…… 부엌에 있었어. 의자를 들고. 그 일이 정말 우연하게 일어나서, 처음에 난 그게 너인 줄도 꿈꾸는 내내 몰랐었어. 좀 나중에서야 알았지. 맨 처음 경험은 운전하고 지나가던 중에 일어난 일이었어."

그는 눈을 감고 움찔하며 먹던 피자를 접시에 내려놓는다. 그가 천천히 말한다.

"그게 너였구나. 네 차를 본 적이 있는 게 생각나. 난 네가 또 다른…… 사람일 거라고 생각했지."

그는 말을 멈추고, 생각에 잠긴다.

"그 마당…… 맙소사…… 네가 미신이라고 했던 말. 빌어먹을, 그래서……."

그는 일어나 앉는다. 손은 허공에 정지하고, 눈은 감은 채. 생각하느라. 정보를 정리하면서.

그 다음 순간 그가 돌아앉아 그녀를 바라본다.

"너 완전 납작해질 수도 있었어."

"아무도 날 보진 못했을 거야."

"헤드라이트가, 네 차의 헤드라이트 말이야. 그게 날 깨웠어. 그것들이 창문 밖에서 번쩍였거든…… 하느님 맙소사, 제이니."

"네 침실 창이 아마도 열려 있었을 거야. 그렇지 않았다면, 그 사고는 일어나지 않았을걸. 내 생각은 그래. 나는 그게 너희 집일 거라고는 생각도 못했어."

그는 뒤로 앉아서 머리를 가볍게 흔들더니 남은 피자조각을 함께 집어 든다.

"좋아. 입맛을 완전히 버리기 전에 조금이라도 좋은 부분이 있다면 얘기해 봐."

"헛간 뒤에서. 네가 나한테 걸어와서는 내 얼굴을 만져. 키스를 해. 나도 너에게 키스를 하고."

그는 조용하다.

"그게 다야."

그는 그녀를 조심스레 살핀다.

"그게 다야?"

"그래. 맹세해. 그리고 그 모든 상황에도 불구하고, 그 키스 꽤 좋았어."

그는 생각에 빠져 무심하게 고개를 끄덕인다.

"망할 수업 종은 매일 그 다음 순간에 울리지, 안 그래."

"그러게."

그녀는 미소 짓는다. 그녀는 그가 자신에게 도움을 청했단 대목을 말할지 말지 고민하며 잠깐 입을 다물지만, 케이벨은 벌써 다음 주제로 넘어간다.

"그럼 내가 몇 주 전에 도서관 책상에 앉은 너를 봤을 때, 넌 어느 정도는 일어나 앉아 있는 느낌이었는데…… 그건 뭐야? 너 잠들었던 건 아니지, 그렇지."

"어, 아니었어."

"그때도 그럼 악몽을?"

"응. 악몽이었어."

케이벨은 손으로 머리를 붙들더니 안경을 벗는다. 그가 눈을 문지른다.

"맙소사, 그때가 기억나."

그가 고개를 계속 숙이고 있어서, 제이니는 기다린다. 그가 중얼거리듯 말한다.

"그래서 그때 네가 나더러 악몽을 꿨는지를 물었던 거구나……. 그래서 그때 그렇게 말한 거였어."

"나…… 난 내가 거기서, 지켜보고 있었다는 걸 네가 아는지 궁금했어. 지금껏 사람들이 자기들 꿈속에서 내게 말을 걸었어도, 누구도 그 부분을 기억하는 것 같진 않았지만 말이야. 어쨌든, 적어도 아무도 그런 말을 한 적이 없어서."

"사실 그때 내가 너에 대한 꿈을 정말로 꿨다는 것 말고는…… 거기 있던 널 봤거나 너랑 얘기를 했다는 게 기억이 안 나."

그가 잠깐 말을 멈췄다가 불쑥 말한다.

"제이니. 만약 네가 꿈을 엿보는 걸 내가 더 이상 원치 않는다면 어쩔래?"

제이니는 피자 한 조각을 집어 든다.

"난 정말로 열심히 거기서…… 그러니까 그 꿈들에서 빠져나오려고 애를 쓰고 노력하고 있어. 난 관음증 환자가 아니야…… 정말로, 어쩔 수가 없는 일이라고. 거의 불가능해. 말하자면, 어쨌든 말이야. 하지만 내 실력도 조금씩 발전은 하고 있어. 천천히."

그녀는 말을 멈춘다.

"만약 내가 보는 걸 원하지 않는다면, 내가 있을 때 같은 방에서 잠들지 않으면 될 거야."

그는 음흉한 미소를 지으며 그녀를 올려다본다.

"하지만 난 학교에서 늘상 자고 있는 애로 유명하잖아. 그게 내

능력인데."

"네 수업 스케줄을 바꿀 수 있을 거야. 아니면 내가 내 걸 바꿀 수도 있어. 네가 원한다면 뭐든지 할게."

그녀는 먹지 않은 피자를 바라보다가 접시를 내려놓는다. 비참한 기분이다.

"내가 원한다면 뭐든지라."

"그래."

"난 그저 네가 그 꿈을 엿보는 걸 아직도 허락을 받지 못한 것 같아서 걱정이다."

그녀는 그를 본다. 그도 그녀를 보고 있다. 그녀는 따뜻한 기분으로 가볍게 말한다.

"어쩌면 처음에 그 허락부터 받았어야만 했나 봐."

그는 소다를 한 모금 들이마신다.

"음. 어쨌든 이 모든 얘길 정리하기 전에 말인데…… 대체 네 어디가 문제인 거야?"

그녀는 침묵한다. 그쪽을 보지도 않는다.

"그리고, 맙소사. 내가 나 자신이 아닌 척해서 너를 놀라게 한 그런 일이 하필이면 딱 나에게 일어난 거 아냐. 넌 정말 빌어먹을 문제 덩어리야, 해너건."

그가 그녀의 팔을 세게 잡아당겨, 그녀는 소파 위 케이벨의 위로 넘어진다. 그는 그녀의 머리 위에 키스한다.

"그거 때문에 얼마나 기분이 나쁜지 솔직히 말도 못할 지경이야."

"쿨한걸. 아 참, 그리고 전에 너무 심하게 파울을 저질렀던 것도

115

미안해."

"뭐, 괜찮아. 다행히 내가 그때 사타구니에다 보호구를 차고 있었 거든. 세게 안 맞았어. 그래서, 넌 언제 잠을 자는 거야, 그러니까, 보통은?"

그가 그녀의 머리카락을 손가락에 뱅글뱅글 감는다.

그녀가 슬픈 미소를 짓는다.

"보통은, 난 꽤 잘 자는 편이야, 내가 방 안에 혼자 있기만 하면. 13살이 됐을 때, 마침내 어머니한테 이왕이면 거실에서 말고 침실에 가서서 기절하시라고 부탁할 수 있었거든. 닫힌 문에 뭔가 그걸 막는 효과가 있나 봐."

그녀는 잠시 말을 멈춘다.

"그런데 정확히는 어떤 일이 벌어지는 거야?"

그녀는 눈을 감는다.

"내 시력이 먼저야. 주변을 볼 수가 없어. 붙들리는 거야. 만약 그 꿈이 나쁜 꿈이라면, 악몽이라면, 아마 몸을 떨기 시작하면서 먼저 손가락 감각이 사라지고, 그 다음은 발의 감각이, 그리고 악몽이 나쁘면 나쁠수록, 나는 더 심각한 마비 상태가 되는 거지."

그가 그녀를 보다가 부드럽게 말한다.

"제이니."

"응."

그가 그녀의 머리를 쓰다듬는다.

"난 네가 죽어가는 줄로만 알았어. 너는 몸을 떨고, 경련하고, 눈이 뒤집혔어. 난 재빨리 근처의 핸드폰을 훔칠 준비를 하고는 네 입을 지갑으로 막고, 911에 전화하려고 대기 중이었다고."

제이니는 한참 동안 침묵한다.

"보이는 만큼 나쁘진 않아."

"거짓말하지 마."

그녀는 그를 본다.

"그래, 내 생각에도 거짓말인 거 같다."

"다른 누가 또 알아? 네 어머니?"

그녀는 먹지 않은 피자가 놓인 자신의 접시를 바라본다. 머리를 흔든다.

"아무도 몰라. 어머니조차."

"이 일에 관해 의사나 병원 같은 데 가 본 적도 없어?"

"없어. 정말로. 도움을 요청한 적도 없어."

그는 공기 중에 손으로 뭔가를 던지는 시늉을 한다.

"아니, 대체 왜?"

그의 목소리에 못 믿겠다는 느낌이 묻어난다. 다음 순간, 갑자기, 그가 이유를 깨닫는다.

"미안해."

그녀는 대답하지 않는다. 그녀는 생각 중이다. 아주 열심히.

"있지, 아무도 그 전에는 꿈속에 나랑 같이 들어간 사람이 없었어, 너처럼은 말이야. 난 그 부분이 이해가 안 가. 넌 대체 어떻게 거기에 나처럼 들어갈 수 있었던 거야?"

그녀의 목소리는 부드럽고, 음악 같다. 그녀는 그를 곁눈질한다.

"나도 몰라. 갑자기 내가 다른 두 각도에서 모든 걸 바라보고 있었어. 하나는 모두를 지켜보는 관찰자였고, 하나는 그 일부에서 참여하고 있고. 가상현실이나 뭐 그런 것처럼."

"만약 네가 나와 함께 이 모든 걸 경험해 보지 못했다면 내 말을 믿지 않았을 거라는 것도 알겠지?"

그가 진지하게 고개를 끄덕인다.

"네 말이 맞아, 해너건."

케이벨이 문가에 서서 인사를 건넬 때는 밤 10시 21분이다. 문틀에 기댄 그의 입술에, 제이니는 가볍게 키스한다.

그는 발걸음을 떼어 집으로 걸어가기 시작한다. 그러다 문득 주차로 위에서 돌아본다.

"저기, 내일 저녁에 데이트 할래? 9시나 10시쯤?"

그녀는 고개를 끄덕인 후, 미소를 짓는다.

"난 집에 있을게. 그냥 도착하는 대로 알아서 들어와. 캐리도 늘 그러거든. 괜찮아."

진실 혹은 거짓

2005년 10월 16일, 9:30 p.m.

일요일이다. 집 안은 깨끗하다. 제이니는 하루 휴가를 받았다. 아침에는 슈퍼마켓에 다녀오고, 청소기를 돌리고, 먼지를 털고, 물청소도 하고 광을 내고 빛이 날 때까지 청소를 했다.

지금, 제이니는 소파에서 잠이 들어 있다.

케이벨은 오지 않는다.

전화도 없다.

11:47 p.m.

그녀는 한숨을 쉬고 등을 끈 뒤, 침대로 간다. 기분이 바닥이다.

2005년 10월 17일, 7:35 a.m.

제이니는 가방을 움켜쥐고 문으로 향한다. 그녀는 열받은 상태다. 게다가 기분도 상했다. 왜 그가 나타나지 않았는지 이유를 알 것만 같다.

에델의 앞유리창 와이퍼 아래에 쪽지가 끼워져 있다. 쪽지는 이슬로 젖어 있다.

　미안해, 유감이야.
　　　— 케이브.

'글쎄, 설마 나만큼 유감이려고.'
그녀는 학교 가는 길에 그를 지나친다.
그가 그녀를 바라본다.
곧 그녀의 뒤쪽으로 처진다.
그는 학교에 지각한다.
그녀는 그에게 말도 건네지 않는다.

11:19 p.m.

그는 그녀의 집 앞 계단에 앉아 있다.
그녀는 일을 마치고 막 집에 도착한 참이다.
그녀는 차에서 내려 자갈을 밟으며 걸어 와 그의 앞에 선다.
"왜?"

그녀의 말에 그가 말한다.

"미안해."

그녀는 발로 바닥을 톡톡 치며 거기 서 있다. 할 말을 찾으면서. 말은 생각나자마자 봇물 터지듯 튀어나온다.

"그러니까, 결국 너도 기겁한 거겠지. 난 미친년이니까. X파일 같은. 이런 일이 벌어질 거라고 생각했었어."

그가 일어난다.

"그런 게 아니……."

"괜찮아. 정말로, 괜찮아."

그녀는 계단을 뛰어 올라, 그를 지나친다. 어둠 속에서 열쇠를 찾아 더듬거린다.

"이제 내가 왜 아무에게도 말하고 싶지 않았는지 너도 알겠네."

열쇠가 그녀의 손가락에 덜그럭 걸린다. 그녀는 낮은 소리로 욕을 내뱉는다.

"특히, 너에게는 더욱."

순간 그녀는 열쇠를 떨어뜨린다.

"망할."

그녀는 훌쩍거리며 열쇠를 주워들고, 현관문 열쇠를 찾아낸다.

"만약 네가 누구에게라도 이 얘길 떠든다면……."

그녀의 목소리는 그녀가 문을 여는 순간 더 높아진다.

"넌 진짜 파울이라는 게 뭔지 완전히 새로운 정의를 배우게 될 거야! 이 망할…… 개새끼야!"

그녀는 문을 쾅 닫는다.

11:22 p.m.

전화가 울린다.

"나쁜 놈."

그녀는 투덜댄 후 전화를 받는다.

"설명할 기회를 줄래?"

"싫어."

그녀는 전화를 끊는다.

기다린다.

우유를 한 컵 따른다.

마신다.

욕을 한다.

부엌 불을 끄고 침대로 간다.

그녀의 삶 전체가 저주 같다. 결코 남자친구도 사귈 수 없을 것이다. 하물며 결혼은 더더욱. 더 끔찍한 건, 그녀가 결코 누구와도 함께 잠들 수 없을 거라는 점이다.

그녀는 괴물이다.

이건 불공평하다.

흐느낌 소리가 침대를 흔든다.

2005년 10월 18일, 7:39 a.m.

제이니는 학교에 전화를 걸어, 자신의 어머니인 척 한다.

"제이니가 오늘 학교에 못 갈 것 같아요. 독감에 걸렸습니다."

그녀는 양로원에도 전화를 걸어 코를 훌쩍이며 말한다.

"몸이 아파서요, 오늘 밤에 갈 수 없을 것 같아요."

모두가 동정을 표한다. 접수계원. 양로원 감독도. 감독이 말한다.

"얼른 나아졌으면 좋겠구나, 제이니."

하지만 제이니는 어디에도 '나아진다'는 건 존재하지 않음을 않다. 그저 이게 다다. 이게 그녀의 삶이니까.

그녀는 침대로 털썩 드러눕는다.

12:10 p.m.

제이니는 침대에서 엉덩이를 질질 끌고 나와, 그녀의 침실 바닥에 앉아 전날 밤 하지 않았던 숙제를 한다.

그녀는 학교 수업에서 처지는 건 참을 수 없다.

심지어 예습까지 한다.

그녀의 어머니는 집 안 여기저기를 발을 질질 끌며 돌아다닌다. 제이니의 존재는 안중에도 없다.

'정말 꼴도 보기 싫어. 나를 낳은 거 자체가 저 여자의 잘못이야.'

제이니는 누군지도 모르는 아버지 역시 원망스럽다. 잠시, 그녀는 어머니의 만화경 같은 꿈에 대해서 생각한다. 그 히피 같은 예수가 혹시 자신의 아버지인지 궁금하다. 도대체 무엇이 자신의 어머니가 모든 것을 완전히 포기하게 만든 것인지도 궁금하다. 그녀는 아마 결코 알 수 없을 것이다.

어쩌면 이 편이 더 나은 건지도 모른다.

2:55 p.m.

전화가 울린다. 제이니의 어머니가 전화를 받는다. 그녀가 술에 취한 채 불분명하게 말한다.

"제이니는 학교에 갔어."

제이니는 어머니가 전화를 받을 거라고는 생각지도 못했다.

4:10 p.m.

제이니는 소파에 담요를 말고 옆자리에는 두루마리 휴지 한 롤을 두고 앉아, 「더 프라이스 이즈 라이트」(제품의 가격을 맞추는 미국 TV 프로그램 —옮긴이)를 보고 있다. 캐리가 집으로 들어오며 밝은 목소리로 말한다.

"야, 이 나쁜 계집애야, 오늘 정말 재미난 걸 놓쳤다고, 너. 어머, 너 아파?"

"어, 왔어. 나 아파."

제이니는 아픈 걸 증명이라도 하듯 휴지를 좀 뜯어서 코를 시끄럽게 푼다.

"너 진짜 끔찍해 보인다, 네 코가 온통 새빨개."

"고마워."

캐리는 제이니 옆 자리에 앉는다. 그녀는 가볍게 말을 꺼낸다.

"재밌네…… 오늘 케이벨도 영 안 좋아 보이던데. 너 뭔가 나한테 말하고 싶은 거 없어? 응?"

"없어, 확실해. 정말로."

캐리의 입술이 뾰로통해진다. 그러더니, 그녀가 가방을 마구 휘젓더니 접힌 종이쪽지 하나를 꺼낸다. 그녀가 그걸 제이니의 집 거실 탁자에 내려놓는다.

"케이벨이 보낸 거야. 너 임신하거나 한 건 아니지, 응?"

제이니는 캐리를 본다.

"하, 하, 하."

"아 뭐, 에헷. 문제가 뭔진 몰라도, 네가 학교를 빠지고 집에 붙어 있을 정도면 엄청 심각한 거잖아. 넌 중2 이후로 수업을 빼먹은 적이 없으니까 말이야. 그리고 이런 말해서 미안하지만, 너 분명 엿 같은 몰골이긴 한데, 솔직히 어디 아픈 건 아니잖아."

제이니가 심드렁하니 말한다.

"지금 네가 머릿속으로 무슨 생각을 하고 있는 건지 맞출 수 있겠는걸. 근데 내 생각엔 너라도 임신을 하려면 일단 섹스부터 해야 되지 않겠니, 내 상식은 그런데."

"아하, 그러니까 역시 섹스 문제였구나!"

캐리가 열광적으로 외친다.

"집에나 가, 캐리."

캐리가 미소를 짓는다.

"네가 원할 때 언제든 내가 기다리고 있는 거 알지. 섹스를 위한 팁과 충고를 원할 땐 언제라도 괜찮으니 창문 밖으로 소리 질러 날 불러."

제이니는 캐리를 목 조르고 싶은 충동을 느끼며 뒤로 기대앉는다.

"이만 가."

제이니는 날카롭게 말한다.

"알았어, 알았어. 나도 눈치 있어."

그녀는 문가로 향하다가 제이니에게 돌아선다. 호기심이 캐리의 얼굴에 떠오른다.

"이거, 그러니까, 이번 주에 터진 케이벨 마약 사건하고는 아무 상관없는 거지? 그렇지? 다 우연이지?"

그녀는 빠르게 눈을 깜빡이더니, 미소를 짓는다.

"뭐라고?"

"케이벨이 아마 약을 파는 거 같아, 내 생각엔……. 아니면, 너도 알잖아, 그런 거. 마약상의 중개자로 일하는 그런 애들 중 하나인 것 같아. 자기들끼리는 뭐라고 부르는지는 모르겠지만. 그러니까 쉐이가 아마 일요일 밤 파티에 케이벨이랑 같이 어울렸던 모양인데, 그 때 쉐이가 완전 약에 쩔어 있었다더라고. 케이벨이 거기서 단속에 걸렸다고 들었어. 사실이야?"

제이니의 위장이 뒤틀리며 갈가리 찢어진다.

이제 정말로 어디가 아픈 기분이다. 제이니는 느리게 입을 연다.

"그래, 그냥 다 우연이야. 그거랑 내가 아픈 거랑은 아무 상관도 없어."

눈물이 눈가 한구석에서 차올라, 제이니는 손가락으로 눈물을 누른다.

캐리의 얼굴이 어두워진다.

"아, 저런, 제이니. 너 몰랐구나."

제이니는 무감각하게 고개를 끄덕인다.

그녀는 캐리가 떠나는 것도 알아차리지 못한다.

2005년 10월 19일, 2:45 a.m.

제이니는 잠에서 깬 채 침대에 누워, 천장을 바라보고 있다. 자기 자신과 논쟁을 벌이고 있다. 그러지 말아야 한다는 생각은 든다. 하지만 잃을 것도 없지 않은가.

완전한 개자식이 된 거 같은 기분으로, 제이니는 옷을 입고 집에서 빠져나온다. 그녀는 개가 있는 집들을 피해 가며 조용하게 마당을 달린다.

그렇게 케이벨의 집으로 몰래 다가가, 그의 침실 창문 아래, 덤불 속에 앉는다. 그녀는 집에 기댄 채 기다린다. 벽돌들이 그녀의 스웨터에 걸린다. 쌀쌀하다. 그녀는 장갑을 낀다.

5:01 a.m.

여전히 어둡다. 그녀는 범죄자 같은 기분으로 미끄러지듯 그곳을 빠져나온다.

아무것도 얻지 못한 채 돌아 나오는 범죄자.

7:36 a.m.

그녀는 거실 탁자 위에 놓인 교과서들을 모아든다. 쪽지는 여전히 거기, 캐리가 놓아둔 곳에 그대로 있다. 그녀는 망설이다가, 쪽지를 열어 본다.

우리 정말 얘기 좀 하자, 제이니. 제발. 이렇게 빈다. 케이브.

그게 전부다.

7:55 a.m.

제이니는 벨이 울릴 때까지 기다려 학교에 살며시 들어간다. 그녀는 퍼셀 선생님이 문을 닫기 바로 직전에야 영어 수업에 들어간다.

"보아하니, 좀 나아진 모양이구먼, 해너건 양."

그의 말을 제이니는 그저 수사적인 질문이라고 추정하며, 선생님을 무시한다.

그녀는 케이벨의 눈이 자신을 좇는 것을 느낀다.

그녀는 그를 쳐다보지 않을 생각이다.

그건 고문이다, 정말로 그렇다.

모든 빌어먹을 날들의, 모든 빌어먹을 수업.

고문이다.

12:45 p.m.

그가 포기한다.

제이니는 자습 시간이 두렵다. 하지만 케이벨은 포기한다. 그는 도서관의 완전 반대편에 앉아, 안경을 벗고, 팔 위에 자신의 머리를 얹는다.

그녀는 그가 정말로 엿 같은 모습이라는 사실에 만족감이 든다. 캐리가 말한 그대로다.

캐리가 제이니 옆의 의자를 빼낸다.

케이벨이 꿈을 꾼대도, 제이니는 알아차리고 싶지 않다. 대신에, 그녀는 팔에 머리를 대고 낮잠을 자려고 애쓴다. 그러나 그녀는 또 다른 떨어지는 꿈으로 빨려 들어간다. 이번에는, 제이니 자신의 꿈이다.

그리고 나서, 그녀는 확 일어나는데 캐리가 함께 있다. 아니, 더 정확히 말하면, 제이니는 캐리와 함께 있다. 그리고 스투도.

제이니는 흥미롭게 지켜본다.

캐리는 즐기고 있는 것처럼 보인다.

매우.

네 번이나.

한 번만으로도 제이니에게는 충분했다.

그리고 그녀는 스투의 거기가 그렇게까지 클 수 있을 거라고는 정말로 생각해 본 적이 없다. 그가 그런 모습으로 에델의 운전대 뒤에 앉는 모습 역시 상상해 본 적 없었다.

이제 제이니는 자신이 뭘 그리워하는지 알 것 같다. 캐리가 팔로 쿡 찌르는 바람에 제이니는 끙 앓는 소리를 내며 깬다.

일어난다.

수업은 두 개가 더 남아 있다.

제이니는 피곤하다. 그럼에도 불구하고 오늘 밤에는 종일 근무를 해야 한다.

생각해 보니, 그들 사이가 좋아지기 전보다 모든 것이 더 나빠진 거 같다.

만약 그들 사이가 좋아진 적이 있었다면 말이다.

그조차 의심스러운 일이다.

10:14 p.m.

스투빈 양은 혼수상태다.

호스피스가 저녁 내내 그녀의 방에 머문다.

제이니는 걱정스러운 마음에 내내 근처를 맴돈다.

다음 순간 스투빈 양이 죽음을 맞는다. 그렇게, 제이니의 앞에서.

제이니는 울음을 터뜨린다. 자신도 왜인지 모르는 채로. 그녀는 이전에는 결코 다른 환자들의 죽음에 울어 본 적이 없다. 하지만 이번 일에는 뭔가 다른 특별한 감정이 든다.

그럼에도 비록 흑백의 꿈이었다고는 해도, 스투빈 양이 자신의 그 멋지고 젊은 군인과 사랑을 나누었다는 사실이 기쁘다.

수간호사가 제이니더러 조금 일찍 집에 가라고 한다. 그녀는 제이니에게 네가 여전히 몸이 좀 안 좋아 보인다고 말한다. 제이니는 감각이 없다. 그리고 몹시 지친 상태다. 그날 새벽 2시까지 깨어 있었던 탓이다.

10:31 p.m.

제이니는 집까지 천천히 차를 몰고 간다. 창문을 열고, 손은 사이드 브레이크에 올려 준비한 채로. 그녀는 웨이벌리를 선택한다. 케이벨의 집을 지나서.

아무 일도 없다.

그녀는 집에 도착하자 침대에 몸을 던진다.

쪽지도, 부재중 전화도, 갑자기 찾아온 사람도 없다. 물론, 그중 어떤 거라도 바란 것은 아니다.

'그 나쁜 자식.'

2005년 10월 22일

제이니는 주간 근무를 한다. 토요일이다. 그녀는 공예실에 배정받았다. 그 점이 기쁘다. 헤더 양로원의 대부분의 노인들은 공예 시간에는 잠들지 않는다.

점심시간에, 주말이었음에도 감독관이 찾아온다. 그녀는 제이니를 자신의 사무실로 부르고 문을 닫는다.

제이니는 걱정이 된다. 그녀가 뭐 잘못한 거라도 있는 걸까? 누군가가 그녀가 꿈에 잡혀 있는 동안의 모습을 보고는 그녀가 게으름을 부리고 있다고 생각한 걸까? 그녀는 망설이며 감독관의 책상 앞 의자에 앉는다.

"무슨 일이 있나요?"

그녀가 소심하게 묻는다.

감독관은 미소를 짓는다. 그녀는 제이니에게 봉투를 건네준다.

"네 거란다."

"이게 뭔가요?"

"나도 몰라. 스투빈 양이 남기신 거야. 검시관이 오고 난 후에 그분 소지품 안에서 그걸 찾았어. 열어 보렴."

제이니의 눈이 커진다. 그녀의 손가락이 살짝 떨린다. 그녀는 봉인을 찢어 접힌 편지지를 꺼낸다. 편지지를 펴자, 그 사이에 끼어 있던 작은 종잇조각이 바닥으로 팔랑이며 떨어진다. 편지를 읽는다. 글씨체는 간신히 알아볼 만하다. 기울어져 있다. 눈먼 손에 의해 써진 글씨.

제이니에게,

내 꿈에서 일어난 일에 감사하고 싶단다.

한 사람의 드림캐처에게서 또 다른 이에게,

마사 스투빈

추신: 넌 네가 생각하는 것보다 더 많은 힘을 가졌단다.

제이니의 심장이 덜그럭거린다. 그녀는 깊은 숨을 쉰다.

'아니야.'

그녀는 생각한다. 불가능하다.

감독관이 바닥 위의 작은 직사각형 종이를 주워 제이니의 손에 쥐어 준다. 수표다.

"대학 자금"이라는 메모가 쓰여 있다.

5000달러다.

제이니는 감독관을 올려다본다. 그녀의 얼굴이 너무 환하게 빛나서 곧 거기에 금이라도 갈 것만 같다. 그녀는 다시 수표를 내려다보고, 그러고 나서 다시 편지를 읽는다.

감독관은 그녀의 옆에 서서 제이니의 어깨를 꼭 쥔다.

"잘됐구나, 얘. 이 모든 게 정말 기쁘구나."

3:33 p.m.

제이니에게 전화 호출이 온다.

제이니는 프론트 데스크로 급하게 달려간다. 오늘은 정말 얼마나 이상한 날인가.

그녀의 어머니다.

"현관 입구에 웬 히피 녀석이 있는데, 너랑 얘기를 하기 전까지는 안 갈 거라고 하네. 집에 금방 올 거니? 걔가 알고 싶대, 난 자러 갈 거야."

제이니는 한숨을 쉰다. 그녀는 자신의 매주 스케줄을 달력 위에 적어 둔다. 그럼에도 그녀는 기분이 좋다. 아마도 스투빈 양에게 수표를 받은 때문일 것이다. 어쩌면 자신의 어머니가 케이벨을 히피라고 불렀기 때문일지도.

"집에는 5시 좀 지나서 도착할 거야, 엄마."

"현관 앞에 있는 이 친구에 대해 계속 신경 써야 되니, 아니면 나 그냥 자러 가도 돼?"

"자러 가도 돼요. 그 앤…… 어…… 강간범 같은 거 아니니까."

'적어도 내가 아는 바로는 그래요, 어쨌든.'

그들은 통화를 끊는다.

　

5:21 p.m.

케이벨은 현관 앞에 없다.

제이니는 안으로 들어간다. 부엌 조리대 위의 더러운 유리 잔 밑에 어머니가 휘갈겨 쓴 쪽지가 놓여 있다.

히피 말이 더 기다릴 수가 없대. 내일 다시 온대.

사랑하는 엄마가.

'사랑하는 엄마'라고 쓰여 있다.

그나마 쪽지에서 가장 주목할 만한 부분이었다.

제이니는 쪽지를 갈가리 찢어서 쓰레기가 가득 찬 쓰레기통 위로 던진다.

제이니는 옷을 갈아입고 대학 지원서를 꺼낸다. 오븐 안에서는 TV를 보며 먹을 저녁 식사가 삥 소리를 내며 데워진다.

5000. 물론 대학 등록금을 생각할 때, 어마어마한 금액은 아닌 것은 그녀도 안다. 하지만 의미가 있다.

스투빈 양의 쪽지가 그렇듯이.

그 쪽지야말로 정말로 의미가 있다.

제이니는 아직 그 문제에 마음을 쓸 수가 없다.

그녀는 종이 더미 전부를 꼼꼼히 훑어본다. 그 모든 게 낯설기만 하다.

'금전 지원 양식, 장학금 지원서, 에세이 쓰기? 맙소사.'

이것들부터 얼른 해결해야만 한다.

그녀는 장래에 무엇을 하고 싶은지에 대한 생각도 없다.

하지만 과학이나, 수학…… 아니면 연구는 어떨까. 어쩌면 꿈 연구를 한다든가.

아니면 안 할 수도 있고.

사실 정말로는 자신의 삶에 있어서 형편없는, 개 같은 부분 같은 건 잊어버리고 싶다.

그녀는 캐리에게 전화를 건다.

"뭐해?"

"그냥 집에 있지. 혼자 있어. 넌?"

"난 네 부자 친구들 중 누구 집에서 혹시 파티가 열리는지 궁금해 하던 참이야."

캐리는 잠깐 침묵한다.

"왜?"

그녀의 목소리에 의심이 가득하다.

"나도 몰라. 그저 좀 지루해서. 너랑 같이 거기 갈 수 없을까? 네 데이트 상대로?"

제이니는 거짓말을 한다.

"제이니."

"뭔데."

"너 파티에 가고 싶은 거 아니잖아."

"뭐? 그냥 심심해서 그래. 한 번도 '힐' 파티를 여는 애들처럼 해 본 적이 없으니까. 엄마 아빠가 집을 비워서 애들 마시라고 망할 술 같은 거 남겨 놓고 가는 집이라든가, 너도 알잖아."

캐리는 다시 조용하다 말한다.

"너 개 찾는 거지, 그런 거지? 내가 지금 건너갈게."

그녀는 전화를 끊는다.

캐리는 슬리핑백을 들고 10분 뒤에 도착한다. 그녀가 상냥하게 말한다.

"자고 가도 되지? 우리 같이 밤샌지도 100만년은 된 거 같다."

제이니는 캐리를 회의적인 얼굴로 바라보다 묻는다.

"이게 다 뭐하는 거야? 그냥 말로 해."

캐리는 자신의 짐을 소파에 던진다.

"먹을 것 좀 있니? 나 아직 밥 안 먹었어."

그녀는 코를 허공에 쿵쿵 대더니 오븐을 연다.

"어유, 진짜로 먹을 만한 것 좀 요리하면 안 돼?"

제이니는 한숨을 쉬고는 부엌을 뒤져 본다. 놀랍게도 오늘은 냉장고가 가득 차 있다.

"알았어. 파히타(채 썬 고기나 야채를 옥수수 부꾸미에 싸서 보통 새콤한 크림을 얹어 먹는 멕시코 요리 ─옮긴이) 괜찮아?"

"아주 좋지."

캐리가 기쁜 얼굴로 말한다. 그녀는 보드카 토닉을 두 잔 섞더니 오렌지 주스를 부은 다음 하나를 제이니에게 준다.

"캐리, 이제 그만 좀 하면 안 되겠어?"

"그만하다니, 뭘?"

"이 모든 상냥한 대화 나누기 작전. 정말이지 나 슬슬 초조해지려고 해."

캐리는 눈을 깜빡거린다.

"무슨 말을 하는 건지 모르겠네. 됐고, 채소 썰게 좀 내놔 봐."

두 사람은 썰기부터 시작해서 함께 과카몰리(아보카도를 으깬 것에 양파, 토마토, 고추 등을 섞어 만든 멕시코 요리 —옮긴이)를 만들기 시작한다. 제이니는 TV를 보며 먹으려고 데워 두었던 음식을 다시 호일로 싸서 냉장고 안에 넣는다. 그녀의 어머니가 아마 나중에 먹을 것이다. 차갑다. 아침이나 뭐 그런 걸로 다시 먹으리라.

파히타가 완성될 때쯤, 제이니가 두 잔째 마실 신호를 보내자 캐리가 음료수를 만든다.

그들은 거실로 이동해서 뮤직 비디오를 본다.

"그래서, 지금 무슨 미친 짓인지 말해 줄 거야, 말 거야."

제이니가 말한다. 캐리는 한숨을 쉬더니 슬픈 얼굴을 한다.

"아, 제이니, 너 아직도 케이벨한테 빠져 있는 거야? 그런 거야?"

제이니는 자신의 음료수를 한 입 삼키고는 거짓말을 한다.

"나…… 난 이제 걔 문제 극복했어. 난 걔에 대한 얘길 하고 싶은 게 아니라고."

"오늘 아침에 걔가 여기, 너네 집 앞에 앉아 있는 거 나도 봤어. 너 알바 하는 중이었니?"

"그래. 걔가 여기 하루 종일 있었다는 건 나도 알아. 엄마가 걔를 '히피'라고 부르며 전화하셨어."

제이니는 웃음을 터뜨린다.

캐리는 한 잔을 더 들이킨다. 음료수를 목구멍으로 삼키며 그녀가 말한다.

"후우우우! 칫. 음…… 아, 그래. 케이벨 말이야. 뭐, 걔 오늘 멜린다네 집에서 열리는 파티에 갈 거랬어. 쉐이랑 같이."

"뭐, 흥, 당연히 멜린다랑 사귈 수야 없었겠지."

캐리는 호기심 어린 얼굴로 제이니를 본다.

"왜 하필 멜린다는 아니라는 거야?"

제이니는 술기운으로 인해 살짝 무모한 기분이 든다.

"캐리! 멜린다는 레즈비언이잖아. 너 몰랐니?"

"뭐?"

"멜린다가 좋아하는 사람은 너야."

"아니야."

"맞아."

"네가 어떻게 아는데?"

제이니는 망설인다.

그녀는 자신이 이유를 말할 수 없으리라는 것을 안다.

하지만 그녀는 말하고 만다.

"걔가 너에 대한 꿈을 꾸거든. 난 개 꿈을 봤어."

캐리는 혼란스러운 얼굴로 제이니를 본다.

제이니는 딱딱한 얼굴로 앉아 있다.

그 다음 순간 캐리가 미친 듯이 웃는다.

"맙소사, 제이너스, 너 아주 제대로 웃긴다."

제이니는 캐리의 웃음을 따라한다.

그녀는 떨리는 목소리로 말한다.

"놀랐지."

캐리는 머뭇거리며 파히타를 한 입 베어 문다.

"야, 방금 거 진짜 괜찮았어, 꼬맹이."

제이니는 눈알을 굴린다. 이제 스투에 이어 캐리까지 그녀를 그렇게 부르다니.

"어쨌든."

제이니가 읊는다.

"어?"

"케이벨이 어쨌다고?"

"아아아아아. 맞다. 글쎄, 네가 걔를 차고 난 이후로는, 걘 학교 내의 부자 여자애들을 완전 정복할 기세야. 그러던 중에 쉐이가 걸려들었지."

"걔가 쉐이네 파티에서 체포되었었는데도 말이야?"

캐리가 키득거린다.

"너 케이벨이 누구랑 같이 일한다고 생각하는 거야? 바로 쉐이네 아버지야! 두 사람 사이에 조그만 '협의'가 있었대. 쉐이 말로는 그래. '가족 사업에 관한 얘기를 좀 하세. 물론 약에 대해서 얘기하는 것은 아닐세.'"

제이니는 입 안에 음식을 쑤셔 넣는다.

캐리는 계속한다.

"쉐이가 멜린다한테 자기가 케이벨과 잤다고 털어놨대."

캐리가 손으로 입을 막는다.

"아, 이런. 이 얘기는 하면 안 되는데."

제이니는 온몸이 뻣뻣하다. 그리고 이상하게도 더 듣고 싶다. 그녀는 그를 미워하고 싶다. 그녀는 부드럽게 말한다.

"아냐, 괜찮아. 난 정말로 그 남자앨 잊었어. 걘 완전 사기꾼이야.

140

안 그래?"

제이니는 캐리를 부추긴다.

"맞아, 케이벨은 정말 사기꾼이야!"

캐리가 흥분해서 외치다가, 보드카 병을 거의 엎을 뻔한다. 그녀는 제이니의 잔을 채운다.

"이제 와서 보면, 케이벨이 그 새 옷들, 거기다 휴대폰 같은 걸 어떻게 장만한 건지는 안 봐도 뻔한 거 아니니. 흥! 아마도 지금 돈 좀 만지는 모양이야. 내 생각엔 크랙(강력한 코카인의 일종인 마약 ─ 옮긴이)을 파는 것 같아. 물론 다 추측이긴 해."

제이니는 믿을 수가 없다.

케이벨은 자신이 술을 마시지 않는다고 했다. 약도 하지 않는다고 했다.

그녀는 케이벨이 쉐이 와일더를 참을 수 없을 거라고 생각했다.

'이런 거짓말쟁이.'

"약 파는 애들은 다 거짓말을 해, 내 생각으론."

제이니가 말한다.

술로 인해 과도하게 활기가 넘치는 캐리가 고개를 끄덕인다.

"그런 애들이 겉만 보면 또 얼마나 번지르르하니. 사실 나도 처음에 케이벨이 뭘 하는지 들었을 땐 도무지 믿을 수가 없었어. 하지만 3년 전에 걔가 마리화나 중독이었다는 거 난 알고 있었거든, 그 다음에 우리 학년으로 미끄러진 것도. 아마 그때부터 이렇게 된 거 아닌가 싶어."

"정말로 그럼 걔가 마리화나를 했었다는 거야?"

"내가 걔한테서 샀거든."

캐리가 속삭인다.

"네가? 마리화나를?"

캐리가 다시 고개를 끄덕인다.

"엄청 많이."

제이니는 벌떡 일어나 접시들을 싱크대로 가져간다. 그녀는 머릿속에서 온통 넘쳐날 것 같은 정보의 홍수 속에서 접시들을 씻기 시작한다.

'걔가 쉐이와 섹스를 했다고?'

제이니의 온몸이 따끔거린다.

제이니가 거실로 돌아왔을 때, 캐리의 눈은 이미 게슴츠레하다. 그녀는 TV를 보고 있다.

제이니는 캐리 옆에 앉는다.

"그런데 말이야, 케이벨이랑 쉐이 사이가 뜨겁다면, 왜 대체 걔는 우리 집 앞에 하루 종일 죽치고 앉아 있었을까? 그리고 왜 나한테 계속 말을 걸려고 애쓰는 걸까?"

캐리가 제이니를 본다.

"어쩌면 걔가 널 미래의 고객이라고 생각해서 놓치고 싶지 않아서 그러는 걸지도 몰라. 아니면 꽤 괜찮은 잠자리 상대라고 생각했거나. 정말로 너도 깨달아야 해, 우리 예쁜이, 너 요새 진짜로 섹시해 보이거든."

제이니는 위장이 뒤틀리는 걸 느낀다.

그녀는 양해를 구하고 화장실로 달려간다.

그녀가 돌아왔을 때, 캐리는 술에 취한 채로 소파에 누워 잠을 자고 있다.

제이니는 TV를 끈다. 그녀는 어질러진 것들을 치우고 물을 한 잔 마신다.

2005년 10월 23일, 1:34 a.m.

그녀는 캐리를 소파 위에 남겨둔 채, 케이벨의 집 근처에 있는 나무들 아래 숨기 위해 마당을 가로질러 달려간다. 안에 아직 불이 켜져 있어서, 그녀는 기다린다. 잠시 후에, 자동차가 주차로를 따라 들어온다. 차가 5분, 어쩌면 그 이상 진입로에 서 있다. 마침내, 케이벨이 차에서 내려 집으로 들어간다. 제이니는 집 안의 모든 불이 꺼지기를 기다리는 동안, 그의 창문 아래에 있는 덤불 속에 숨기로 결정한다. 지난 며칠 간 지속적으로 떨어져 내리고 있는 바스락거리는 낙엽들을 조심스럽게 밟으며 창문으로 다가간다.

케이벨이 창문을 몇 센티 열어 둔 걸 보니 행운은 그녀의 편이다. 그녀는 그가 내는 소리를 엿듣는다. 어둠 속에서 그가 한숨을 쉬며 부스럭거리는 동안 그녀의 심장이 부서질듯 뛴다. 그녀는 그가 누우면서 침대가 삐걱거리는 소리를 들을 수 있다. 그가 편하게 자기 위해 베개를 두드리는 소리까지도 들을 수 있다.

그녀는 케이벨이 잘 때 뭘 입는지 궁금하다. 보고 싶은 욕구가 너무나도 강하다.

하지만 그녀는 기다릴 것이다.

그녀는 기다려야만 한다.

그녀는 기다린다.

.

2:15 a.m.

그는 코를 골지 않는다.

3:04 a.m.

덤불 사이에서 졸고 있던 제이니는 깜짝 놀라 잠에서 깨어난다. 고통스럽게. 그녀의 몸이 거의 즉시 마비되기 시작한다. 그녀는 그의 마음속으로 빨려들어 간다. 그의 공포 속으로. 그의 꿈으로.

2시간 정도 걸린다.

끝나지 않는 고리 위의, 바로 그 똑같은 장면들.

기름을 난사한 중년 남자가, 다음 순간 케이벨에게 담배를 던져 불을 붙인다. 부엌의 몬스터는 칼이 꽂힌 의자를 던지고, 천장의 선풍기를 맞추고, 중년 남자의 목을 자른다. 그 다음은 새로운 장면이다. 부유한 치어리더 소녀, 바로 그 쉐이가 수갑을 찬 채 침대에 묶여 있다. 미소를 지으며.

제이니는 그녀가 끔찍해 보인다고 생각한다.

쉐이는 벌거벗고 있다.

그 순간 케이벨이 그녀 옆의 침대 위로 기어오른다.

제이니는 그 장면에서 눈을 뗄 수가 없다.

그녀는 자신이 미쳐 가는 것 같다고 생각하지만, 움직일 수가 없다.

그녀는 그를 깨우기 위해 창문을 두드릴 수도 없다.

그녀는 얼어붙었다. 마비된 채.

그리고 그녀는 학교가 고문이나 다름없었다고 생각했다.

분명 이번 꿈은 그녀가 빨려들어 가 본 중에 가장 최악의 꿈이라 할 만했다. 적어도 지금까지는. 그녀는 정신을 잃는다. 혼미하다. 진이 다 빠진다. 바로 그 직전에 장면이 바뀐다. 그리고 끝난다.

6:31 a.m.

그녀는 눈을 뜬다.

배 위로, 고개를 내려보니, 돌과 가지들이 잔뜩이다.

그녀는 거의 움직일 수가 없다.

하지만 움직여야만 한다.

태양이 떠오르고 있다.

7:11 a.m.

제이니는 집까지 다리를 절며 걷는다. 개들이 짖는 건 무시한다.

7:34 a.m.

제이니는 문에 기다시피 도착해서, 문을 닫고, 캐리 옆의 카펫 위로 쓰러진다. 캐리는 여전히 소파 위에 누워 있다. 그녀는 자고 있다.

8:03 a.m.

'아, 안 돼.'
그녀는 숲에 있다. 또, 또, 또. 너무 피곤하다.

그들이 그 소년이 물 안으로 점점 빠져드는 모습을 보고 있는데, 스투가 캐리 옆에 나타난다.

환한 미소.
발버둥.
애원. 그를 도와 줘.
하지만 제이니는 그를 도울 수 없다.
그녀는 결코 그를 돕지 못하리라.

스투는 물 위로 몸을 던지지만, 그 역시 도움이 되진 않는다. 스투는 캐리가 칼슨의 이름을 부르며 우는 동안, 캐리를 애무한다.
소년은 피범벅이 되어, 길을 잃었다, 상어와 함께 사라진다.
늘 그랬듯이.

제이니는 울음을 터뜨린다. 칼슨 때문에, 캐리 때문에. 하지만 대부분의 울음은 자신 때문이다. 그녀는 자신이 백 살도 넘게 늙어버린 것만 같은 기분이다.

9:16 a.m.

캐리가 제이니를 쿡 찌른다.

"나, 가 볼게."

제이니는 끙 앓는 소리를 낸다. 온몸이 아프다.

캐리는 부드럽게 문을 닫고, 제이니는 잠이 든다.

카펫이 그녀의 얼굴을 긁는다.

11:03 a.m.

부드럽게 문을 두드리는 소리가 들리고, 문에서 누군가 알아서 들어오는 소음이 난다. 제이니는 자신이 꿈을 꾸고 있다고 생각한다.

그는 바닥에 드러누운 그녀가 살아 있는지 확인한다. 그 다음 소파에 앉아서 기다린다.

제이니의 어머니가 지나간다.

다시 또 반대 방향으로 지나갈 때는 그녀의 손에는 호일로 덮은 음식이 담긴 쟁반과 술병이 들려 있다.

12:20 p.m.

그녀가 몸을 굴린다.

신음한다.

배를 움켜쥐며 옆으로 공처럼 구부린다.

"아, 맙소사."

그녀가 눈을 감은 채, 신음한다. 머리가 아프다. 제이니의 근육들이 움직일 때마다 비명을 질러 댄다. 그녀는 약하고 텅 빈 상태다. 머리도 어지럽다. 배도 고프다.

그가 거기 있다가, 그녀를 안아든다. 침대로 그녀를 데려간다. 그녀를 담요로 덮어 준다.

그가 문을 닫는다.

그녀 옆, 바닥에 앉는다.

12:54 p.m.

그는 부엌으로 간다. 그녀를 위해 콜드 치킨 샌드위치를 만든다. 우유를 따른다. 오렌지 주스도 따른다. 모두 접시에 담는다. 그녀의 방으로 가져간다.

기다린다.

1:02 p.m.

그녀가 너무 많이 잠을 자고 있어서 그는 슬슬 겁이 나기까지 한다. 결국 그는 그녀를 흔들어 깨운다.

제이니는 신음을 내고는 천천히 일어나 앉는다.

그녀는 주스와 우유를 마신다.

샌드위치를 먹는다.

케이벨은 보지 않는다.

그에게 말도 걸지 않는다.

1:27 p.m.

"네가 왜 여기에 계속 오는 건지 모르겠어."

그녀가 둔하게 말한다. 그녀의 목소리는 거칠다.

그는 자신의 대답을 생각해 본다.

"내가 널 걱정하기 때문이지."

그녀는 침울하게 빙긋 웃는다.

"아하."

그는 그녀를 무기력하게 바라본다.

"제이니, 난……."

그녀는 그에게 날카로운 표정을 짓는다.

"네가 뭐? 마약을 거래한다고? 쉐이 와일더랑 섹스를 한다고? 뭐든 내가 모르는 이야기를 해 봐."

그는 손으로 머리를 끌어안더니 신음한다.

"네가 들은 모든 얘기를 믿지는 마."

그녀는 코웃음을 친다.

"지금 그 얘기들을 부정하려는 거야?"

"난 쉐이 와일더와 섹스를 하지 않았어."

그가 어깨를 으쓱한다.

"아, 그러셔. 그럼, 그냥 네 꿈에서만 그랬다 이거구나."

그녀는 벽 쪽으로 몸을 돌린다.

그가 그녀의 뒤통수를 바라본다.

고통스러울 만큼의 시간이 흐른다.

"너 설마."

그가 마침내 말한다.

그녀는 대꾸하지 않는다.

"제이니, 맙소사."

그가 일어나면서 내뱉는다.

거기 서서, 그녀를 고발한다.

"아무래도 이제 가는 게 좋겠어."

제이니가 말한다.

문간으로 간 그가 문을 열고, 제이니를 보기 위해 몸을 돌린다.

"꿈은 기억이 아니야, 제이니. 그저 희망과 공포일 뿐이야. 다른 삶의 스트레스의 반영이거나. 모든 다른 사람들 중에서도 너는 그 차이를 알거라고 생각했어."

그가 걸어 나간다.

2005년 11월 21일

제이니와 케이벨은 말을 하지 않는다.

제이니는 계속 학교에 가고 일도 하지만, 그저 기계적일 뿐, 지금 껏 자신의 삶 중에서 가장 텅 빈 듯한 기분을 느낀다. 꿈들에 대해서 알고 있는 유일한 사람, 그녀가 정말로 좋아하게 된 바로 그 유일한 사람이 그녀를 최악의 적으로 느끼고 있다. 제이니는 스투빈 양처럼 처녀로 평생 살아가는 것에 대해 생각하며 많은 시간을 보낸다. 스 투빈 양의 외로운 삶과 스스로를 계속 비교하면서.

양로원에서 일하고.

대학에 통학하고.

어머니와 계속 살고.

영원히.

학교에서는, 추운 날씨의 시작과 함께 낮이 줄어들면서 잠을 자는 학생 수가 늘어난다.

추수감사절이 다가오던 어느 날, 점심이 가까워져 특히 부산스럽 던 자습 시간, 스테이시 오그레이디라는 이름의 괴짜 과학도 소녀가 드물게 낮잠을 청한다. 그녀는 통제 불능에 빠진 자동차 뒷좌석에 거 의 전체 학급을 다 태우고 엄청나게 빠른 속도로 달리고 있다. 15분 동안 그 꿈에 빠져 있는 바람에, 제이니는 완전한 마비 상태인지 오 래다.

다행히도, 캐리는 그 자리에 없어서, 제이니가 도서관 구석 자리 의 의자에서 떨어져서 카펫 위에서 온몸을 덜덜 떠는 것을 알아차리지 못한다.

다행히도, 케이벨이 알아차린다.

그는 그녀를 안아 들어, 그녀의 의자 위에 다시 앉힌다.

손가락이 움직일 때까지 손가락들을 문질러 준다.

킹사이즈 스니커즈를 자신의 백 팩에서 꺼내서 정치학 수업을 듣기 전에 그녀의 손에 쥐어 준다.

그녀가 늦게 수업에 몰래 들어올 때, 선생님의 주의를 끌어 준다.

그녀를 여전히 보지 않은 채.

제이니는 캔디 바와 함께 자존심은 씹어 삼키기로 한다. 떨리는 손으로 스프링 연습장에 뭔가를 써내려 간다. 종이를 스프링에서 북 뜯어낸다.

뜯어낸 종이를 둥그렇게 공처럼 뭉친다.

그의 뒤통수를 공 뭉치로 맞춘다.

그는 종이뭉치를 주워들고 열어 본다. 읽어내려 간다.

빙그레 미소를 짓고, 자신의 백 팩 안에 종이를 집어넣는다.

방과 후, 에델의 유리창 위에 신문 한 부가 놓여 있다. 광고 전단이다. 제이니는 주변을 의심스럽게 돌아보며, 이것이 누군가의 농담이 아닌가 의구심을 갖는다. 아무도 보이지 않자, 그녀는 와이퍼 아래에서 신문을 끄집어내어 차에 올라탄다. 그녀는 신문을 대충 훑어본다. 처음에는 한 쪽을, 그 다음에는 뒷면을 읽는다. 그 다음 그녀는 기사를 찾아낸다. 노랗게 강조되어 있다.

수면에 곤란을 겪고 있습니까? 악몽을 꿉니까? 수면 장애입니까?

질문에 답을 드립니다. 문제를 해결해 드립니다.

지원자로 구성하는 수면 연구회. 미시건 대학교의 후원을 받는, 과학 연구 목적의 수면 연구회.

게다가 무료다.

그녀는 집에 도착하자마자, 즉시 학교 근처의 노스 필드리지 수면 연구소에 전화를 걸어 추수감사절 주말에 예약을 잡는다.

2005년 11월 25일

오늘은 추수감사절 다음 날이다. 제이니는 추수감사절과 오늘까지 시급을 두 배로 받고 일을 했다. 오늘 밤 수면 연구회에서 생길 문제를 예상한 탓에, 내일은 휴가를 받아두었다. 이 일이 그저 스트랫포드로 가던 버스의 재탕은 되지 않을지 궁금하다. 이 일이 그저 또 하나의 커다란 문제덩이로 번지는 것만은 아닐지.

10:59 p.m.

그녀는 자동차의 뒷좌석에서 여행 가방을 움켜쥐고 수면 클리닉을 향해 걸어 들어간다. 코트를 벗고 가짜 이름으로 안내 데스크에서 등록한다. 엷은 색이 든 유리창을 통해서, 그녀는 주변에 기기들이 둘러싸고 있는 침대 한 열을 볼 수 있다. 몇몇 침대 위에는 벌써 사람들이 누워 있다.

'이거 너무, 너무 안 좋은 생각이었던 것 같은데.'

수면실로 가는 문이 열리고, 하얀 실험실 가운을 입은 여자가 차트를 들여다보며 서 있는 게 보인다. 제이니의 몸이 휘청한다. 그녀는 손으로 얼굴을 짚는다. 얼굴을 찡그린다. 눈이 먼 상태로, 온몸이 마비되기 전에 의자를 찾아 더듬는다.

11:01 p.m.

그녀는 바쁜 도시 한가운데 길에 서 있다. 비가 내리고 있다. 그녀는 자신이 누구를 찾고 있는지 확신하지 못한 채, 차양 아래에 서 있다. 아직은 잘 모르겠다. 그녀는 지나가고 있는 다른 사람들을 따라가야 할 필요는 느끼지 못한다. 갑자기, 위장이 고동친다. 그녀는 한숨을 내쉬고 눈을 굴리며, 위를 올려다본다.

'그가 왔어.'

그녀는 생각한다.

차양을 넘어.

애버네시 선생님, 바로 그녀의 고등학교 교장 선생님이다.

11:02 p.m.

시야가 맑아진다. 실험실 가운을 입은 여자가 제이니가 있던 방으로 건너와서 그녀를 쳐다보고 있다.

제이니가 그녀를 마주 보자, 그녀가 깜짝 놀란다. 제이니는 자신의 이름이 불리길 기다리며 거기에 앉아 있는 다른 사람들을 둘러본다. 제이니가 한 사람 한 사람 쳐다보자, 사람들의 시선이 바닥을 향한다. 그녀는 그 사람들이 어떤 생각을 하는지 알고 있다.

'저 사람들은 저 방에 나 같은 이상한 애랑 들어가고 싶지 않은 거야, 당연한 일이지.'

제이니는 턱을 단단히 다문다.

이제 울기도 지쳤다.

더 이상 다른 소동을 만드는 것은 사양이다.

손가락과 발에 감각이 돌아오자, 그녀는 일어나서 자신의 코트와 가방을 움켜쥐고, 문으로 휘청거리며 향한다.

접수원에게 말하는 그녀의 목소리가 거칠게 튀어나온다.

"미안해요. 전 그만둘게요."

그녀는 주차장을 향해 밖으로 나간다. 그녀는 바스락대는 공기를 폐까지 깊숙이 빨아들인다.

실험실 가운을 입은 여자가 그녀 뒤를 따라서 문 밖으로 나온다.

"아가씨?"

제이니는 계속 걷는다. 가방을 차 뒤에 던져 넣는다.

어깨 너머로, 그녀는 소리친다.

"말했잖아요, 저는 이 실험 안 할 거예요."

그녀는 바퀴 위로 올라탄다. 그녀가 차를 몰아 떠날 때까지, 실험실 가운의 여자는 거기 선 채 남아 있다.

"분명 무언가 다른 방법이 있을 거야, 에델. 넌 날 이해하지, 그렇지, 예쁜아."

그녀의 말에 에델은 구슬프게 갸르릉거린다.

11:23 p.m.

제이니는 수면 연구회 대기실에서의 사고 후에 자신의 집 주차로로 들어선다. 이걸 시도라고 봐야 할지 궁금하다. 어쨌든 자신의 교장 선생님, 애버네시 씨가 무엇을 꿈꾸는지에 대해서 알고 싶은 마음은 추호도 들지 않는다.

휴.

휴, 휴, 휴.

'이건 문제 해결을 위한 올바른 방법이 아니었어.'

그녀는 결론을 내린다. 하지만 도대체 올바른 방법이란 무엇이란 말인가? 이제 때가 되었건만.

울음을 멈출 때가, 그녀의 용기를 모두 그러모아 뭔가를 해야만 할 때가. 이 모든 연민의 파티를 뒤로 하고 움직여야 할 때가.

그녀가 정신줄을 놓기 전에.

이 심각한 문제를 극복하고 망가진 것들을 돌아가게 하지 않고서는 그녀는 결코 대학 생활을 잘 헤쳐 나갈 수 없을 것이기 때문이다.

그녀는 집으로 들어가서 침대 옆 테이블 위의 종이들을 뒤진다. 원하던 것, 스투빈 양의 쪽지를 찾아낸다. 다시 읽는다.

제이니에게,

내 꿈에서 일어난 일에 감사하고 싶단다.

                    한 사람의 드림캐처에게서 또 다른 이에게,

                              . 마사 스투빈

추신: 넌 네가 생각하는 것보다 더 많은 힘을 가졌단다.

11:36 p.m.

대체 이게 다 무슨 뜻일까?

11:39 p.m.

그녀는 여전히 알 수가 없다.

11:58 p.m.

모르겠다.

2005년 11월 26일, 9:59 a.m.

제이니는 공공 도서관의 문이 열리길 기다린다. 문이 열리자마자,
그녀는 논픽션 구역을 샅샅이 살핀다. 자기 계발. 꿈.

그녀는 선반에서 책 6권을 전부 꺼내서, 뒤쪽 구석의 자리를 발견

하고는 그것들을 읽는다.

　졸려 보이는 학생들 한 무더기가 들어와 근처 테이블에 자리를 잡자, 그녀는 도서관의 다른 구역으로 이동한다.

　그리고 구석의 컴퓨터 사용 구역이 열리기를 인내심 있게 기다린다. 그곳에서 한 시간여를 보낸다. 그녀는 구글의 도움을 받아 스스로 찾아낸 것들을 믿을 수 없다.

　물론, 그녀 같은 사람들에 대한 정보는 없다.

　하지만 이제 시작이다.

5:01 p.m.

　여섯 권의 책 중에서 네 권을 끌고, 제이니는 집으로 온다. 그녀는 신이 나 있다. 손에 책을 들고 읽으며 요리를 한다. 자정까지 독서를 한다. 그러고 나서, 그녀는 잠자리에 들기 전에 심호흡을 하고 스스로에게 말한다.

　"난 문제가 있다."

　그녀는 스스로 얼간이 같은 기분을 느끼지 않으려고 애쓰며, 조용히 말한다.

　"난 문제가 있다, 그리고 난 그것을 해결해야만 한다. 나는 이 문제를 해결할 방법에 대한 꿈을 꾸고 싶다."

　그녀는 집중한다. 침대로 기어올라, 눈을 감고 침착한 목소리로 계속한다.

　"나는 다른 사람들의 꿈을 차단하기 위해서 무엇을 해야 할지에 대한 꿈을 꾸고 싶다. 나는…….”

그녀의 음성이 흔들린다.

“내 말은, 나는 사람들을 돕고 싶지만, 또한…… 난…… 정상적인 삶을 살고 싶다. 그러니 다른 사람들의 꿈은 내 삶을 영원히 망치지는 못할 것이다.”

제이니는 깊게 숨을 쉰다. 그녀는 말을 멈추고, 대신 자신의 문제들에 마음을 집중한다. 그때 또 다른 것이 기억난다.

“그리고 나는 내가 깨어났을 때, 꿈을 기억하고 싶다.”

그녀는 큰 소리로 덧붙인다.

계속 여러 번, 그녀는 머릿속으로 그 말들을 반복한다.

그녀는 재빨리 시계를 훔쳐보고는, 성급한 자신을 꾸짖는다.

12:33 a.m.

다시 집중한다. 깊게 숨을 쉰다. 생각이 주변을 둥둥 떠다니다가 서로 녹아내리도록 내버려둔다.

느리게, 그녀는 생각들이 방에 차오르는 것을 느낀다. 그녀는 생각 안에서 숨을 쉰다. 생각들이 그녀의 피부를 스친다. 그녀는 마음이 자유롭게 가도록 내버려두고, 근육들이 풀어지도록 한다.

그리고 그녀는 잠을 청한다.

처음에는 아무 일도 일어나지 않는다.

그것도 괜찮지, 그녀는 생각한다.

자각몽은 늦게야 찾아온다.

2:45 a.m.

제이니는 어두운 호수 한가운데에 있는 자신을 본다. 그녀는 수 시간처럼 느껴지는 시간 동안 물을 딛는다. 점점 피곤하다. 공포에 질린다. 호숫가에 케이벨이 밧줄을 들고 있는 게 보인다. 그녀는 미친듯이 그에게 손을 흔들지만, 그는 그녀를 보지 못한다. 더 이상 계속 할 수가 없다. 물이 입과 귀를 막는다.

그녀는 물속에 잠긴다.

수면 아래에 많은 사람들이 있다. 남자들, 여자들, 아이들, 아기들. 공포에 질려 그들을 바라보는 그녀의 폐가 불타는 것 같다. 그들이 죽음을 상징하는 툭 튀어나온 눈으로 그녀를 본다.

그녀는 미친듯이 주위를 둘러본다. 폐에 가해지는 압력이 점점 심해진다. 모든 것이 흐릿해지고, 이내 까매진다. 그녀는 자신의 눈이 튀어나오는 것을 느끼고, 자신의 주변을 떠다니는 시체들의 깊은 곳에서 울리는 웃음소리를 듣는다.

제이니는 깜짝 놀라 일어나 앉는다. 새벽 3시 10분이다.

그녀는 숨을 몰아쉰다. 스프링 연습장에 꿈에 관해 써내려 간다.

실패했다는 것에 속상해하지 않으려고 애를 쓴다. 이 역시 예상했던 바이다.

'끝이 아니야.'

그녀는 스스로에게 말하며, 다시 눕는다.

그녀는 침착하게 생각한다.

'다시 꿈을 꾸는 거야. 그리고 이번에는, 난 물에 빠져 죽지 않을 거야.' 나는 물 아래에서도 숨을 쉴 수가 있어, 왜냐하면 이건 내 꿈이고 내 꿈에서는 난 원하는 모든 걸 할 수 있으니까. 나는 물고기처럼 수영할 거야. 왜냐하면 난 수영을 할 줄 아니까. 그리고…… 그리고 난 아가미가 있어. 그래, 그거 좋네. 난 아가미가 있다.'

그녀는 누운 채로 자신에게 이 말을 반복한다.

3:47 a.m.

그녀는 아가미가 없다.

그녀는 몸을 굴리며 신음을 내뱉고, 절망한 채로 베개에 머리를 깊이 파묻는다. 만트라(기도나 명상을 할 때 외는 주문——옮긴이)를 반복한다.

4:55 a.m.

다시 시작된다.

제이니가 물 아래로 완전히 지친 채로 미끄러지자, 폐가 불타오른다. 그녀는 수면 아래에서 둥둥 떠다니는 다른 이들을 둘러본다.

공포에 질리기 시작한다.

툭 튀어나온 눈들.

그때.

스투빈 양이 물 아래로부터 그녀를 향해 눈을 깜빡인다. 그녀는 용기를 주듯 미소를 짓는다. 그녀는 죽은 사람들 중 하나가 아니다.

스투빈 양 옆에 떠 있는 것은 또 다른 제이니인데, 또 다른 제이니가 고개를 끄덕이며 미소를 짓더니 말한다.

"이건 네 꿈이야."

물에 빠지고 있는 제이니는 스투빈 양과 제이니를 바라본다. 시야가 흐릿해진다.

점점 혼이 나가려고 한다.

"집중해, 네가 바꿀 수 있어."

제이니가 말한다.

물에 빠지고 있는 제이니는 눈을 감는다. 물 아래로 더 깊이 가라앉는다. 그녀는 의식을 잃을 뻔하다가 다시 발을 차서, 애써 움직이려고, 다시 물 위로 돌아가려고 노력한다.

"집중해! 어서!"

제이니가 다시 말한다.

아가미가 물에 빠지고 있는 제이니의 목에서 갑자기 튀어나온다.

그녀는 눈을 뜬다.

숨을 쉰다. 길고, 깨끗한 숨을, 물 아래에서 숨 쉬고 있다. 간지럽기까지 하다. 그녀는 거품 안에서, 못 믿겠다는 듯이 웃음을 터뜨린다.

그녀가 바라보자, 스투빈 양과 제이니가 미소를 짓고 있다. 느린 동작으로 물속에서 소리 없이, 박수를 친다. 그들이 그녀에게 헤엄쳐 온다.

이전에 물에 빠지고 있던 제이니는 미소를 짓는다.

"내가 해냈어."

그녀가 말한다. 공기방울이 그녀의 입 주변에 나오고, 단어는 머리 위로 각각의 공기 방울이 터질 때마다 만화처럼 나타난다.

"네가 해냈어."

제이니가 말하며 고개를 끄덕일 때, 머리카락이 실크처럼 펄럭인다.

"이제 헤엄을 치자. 저 위 호숫가에서 누군가 너를 기다리고 있단다."

스투빈 양이 말한다.

제이니와 스투빈 양은 이전에 물에 빠지고 있던 제이니의 좌우에서 보좌하듯 수영을 하다가, 멈추더니 그녀에게 손을 흔든다.

그녀는 호숫가 근처에 다 와 있고, 그녀가 수면 위로 올라 일어서자, 아가미는 사라진다. 그녀는 물 밖으로 걸어 나오고, 잠옷 대신 입고 있던 짧은 추리닝 바지와 티셔츠에서 물이 줄줄 흘러내린다.

케이벨이 거기 있다. 그도 짧은 추리닝 반바지를 입고 있다. 그의 근육들이 햇빛에 파문을 일으킨다. 그의 피부는 잘 그을려 있다. 심지어 번들거린다.

그들이 고립된, 열대의 섬에라도 와 있는 것만 같다.

그는 움직이지 않는다.

이제 더 이상 밧줄도 가지고 있지 않다.

그는 모래 위에 앉아 있다.

그녀는 케이벨이 무언가를 하길 기다려 보지만, 그는 아무것도 하지 않는다.

"기억해, 이건 네 꿈이야."

목소리가 들린다. 그녀의 또 다른 제이니가 말하는 것이다. 자신이 꿈을 꾸고 있을 때 깨어 있는 쪽이다.

제이니는 망설이다가 케이벨에게 다가간다.

"저기, 케이벨."

그가 올려다본다.

"난 네가 걱정돼."

그가 말한다. 그의 눈은 갈색이고, 이내 진해진다.

제이니는 그를 믿고 싶다. 그래서 그렇게 한다.

"쉐이는 어쩌고?"

그녀가 묻는다.

"꿈은 기억이 아니야. 제발 나랑 얘기 좀 해."

6:29 a.m.

제이니는 자면서 미소 짓는다. 그녀는 꿈속에서 자신을 지켜보고, 거기에 개입했다가, 여러 다른 방향에서 그것들을 바꿔 보면서 꿈을 재미있게, 또는 섹시하게, 또는 아름답게, 혹은 우습게 만드는 지점들을 찾아내기 시작한다.

2005년 11월 27일, 8:05 a.m.

자명종이 울린다. 제이니는 눈을 감은 채로 시계를 끈다. 그녀는 침대에 누워, 꿈을 세세하게 다시 떠올리고, 기억한다. 암기해 본다.

그 꿈을 확고하게 마음속에 새기고 나자, 그녀는 일어나 앉아 꿈에 대해서 일기장에 써내려 간다.

그녀는 미소를 멈출 수가 없다.

작은 발걸음이다. 하지만 제이니에게 희망을 주었다.

그녀는 일하러 가기 전까지 하루 종일 책들을 탐구한다.

9:58 p.m.

양로원은 조용하다. 노인들은 자신들의 침대에서 꼼짝하지 못하고, 문은 닫혀 있다. 제이니는 접수대에 앉아서 차트를 매우고 있다. 그녀는 혼자 있다.

내내 잠잠하던 호출 패널에 예전에 스투빈 양이 한때 묵었던 방에서 오는 호출 신호가 하얗게 반짝인다. 새로운 환자가 거기서 묵고 있다. 그의 이름은 조니 맥비커이다.

제이니는 펜을 내려놓고 그가 필요로 하는 것을 물으러 그 방으로 향한다.

하지만 맥비커 씨는 잠들어 있다.

그는 꿈을 꾸고 있다.

제이니는 눈이 머는 바람에 벽을 급하게 짚는다.

9:59 p.m.

그들은 집의 지하실에 있다. 보통의 밝기에, 그다지 춥지도 않다. 제이니는 환기용 창을 통해서 회색 낙엽들이 바깥에서 바람에 이리 저리 날리는 것을 볼 수 있다. 모든 것이 흑백이라는 것을 그녀는 잠시 후에야 깨달는다.

맥비커 씨는 아마도 20년 정도 젊은 것 같다. 그는 자신이 에드워드라고 부른 젊은 남자와 함께 계단 아래에 서 있다.

그들은 고함을 지르고 있다.

미움에 찬 말들을 내뱉는다.

맥비커 씨는 공포에 질린 얼굴을 하고, 에드워드는 계단에서 바람처럼 일어나 집 밖으로 나가며 문을 쾅 닫는다.

노인은 따라가려고 하지만, 너무 느린 속도로 움직일 뿐이다. 그는 외쳐 보려고 하지만, 말이 밖으로 나오지 않는다. 그는 자신의 발의 무게로 인해 진창에 빠지기라도 한듯, 발을 내딛을 때마다 점점 가라앉는다.

제이니를 본 그의 얼굴에 금이 가더니 부서져 내리고, 눈물로 얼룩진다. 그 다음 순간 그가 제이니 너머를 바라본다.

제이니가 돌아선다.

스투빈 양이 그녀 뒤에 서 있다. 지켜보면서. 기다리면서. 무언가를. 그녀는 맥비커 씨를 향해 용기를 주듯 미소를 짓는다.

그의 얼굴은 극심한 고통으로 일그러져 있다.

그의 눈에서 새롭게 눈물이 떨어진다.

그는 계단으로 점점 가라앉아서, 이제 아예 움직일 수도 없다.

스투빈 양은 인내심을 갖고 그를 지켜보며 동정어린 눈빛을 보낸다. 그녀는 눈을 감고 눈썹을 찌푸린다. 그녀는 여전히 얼어붙은 듯 서 있다.

"도와 줘."

그는 마침내 폐에서부터 나오는 듯한 소리로 울부짖는다.

스투빈 양이 맥비커 씨의 옆으로 미끄러져 간다.

그의 손을 잡는다.

그가 계단에서 빠져나오게 돕는데, 신기하게도 계단이 바로 원상복귀된다. 하지만 그가 계단으로 가도록 안내하지 않고, 그녀는 그를 다시 꿈속의 시작 지점으로 돌려놓는다.

스투빈 양이 제이니를 흘깃 바라보고는 고개를 끄덕인 다음, 노인에게 돌아서서 제이니가 들을 수 없는 뭔가를 그에게 속삭인다.

그들이 거기 서 있는 것을 제이니는 잠시 바라보고 서 있다. 그 다음 순간 꿈이 다시 시작된다.

맥비커 씨와 에드워드는 서로 고함을 친다.

끔찍한 말들을 한다.

맥비커 씨는 공포에 질린 얼굴이 되고, 에드워드는 계단 쪽으로 몸을 돌린다.

스투빈 양은 맥비커 씨에게 뭔가를 말한다. 장면이 멈춘다.

맥비커 씨가 에드워드의 소매를 건드린다.

"가지 마라, 제발. 너에게 하고픈 말이 있다."

에드워드가 천천히 돌아선다.

노인이 말한다.

"아들아. 네가 옳아. 내가 틀렸어. 미안하구나."

에드워드의 입술이 떨린다.

그가 아버지에게로 팔을 벌린다.

맥비커 씨는 젊은 남자를 끌어안으며 말한다.

"사랑한다."

스투빈 양은 맥비커 씨에게 세 번째로 속삭인다. 그는 고개를 끄덕이며 미소 짓는다. 그는 그의 아들에게 팔을 두르고, 그들은 계단 위로 함께 오른다.

스투빈 양은 제이니에게 미소를 짓고, 서서히 사라진다. 제이니는 지하실에 홀로 잠시 서 있다. 제이니는 자신이 강제로 노인을 뒤따르지 않았다는 사실에 놀란다. 주변을 둘러보자 환기창을 통해서 밝은 녹색 풀들과 페튜니아가 밖에 자라고 있는 게 보이고, 지하실 벽은 점차 부드러운 노란색으로 바뀐다.

신기하다.

제이니는 눈을 감고 집중해서, 자신을 그 꿈으로부터 수월하게 분리해 낸다.

그녀는 여전히 서 있다. 눈을 깜빡 거리자 맥비커 씨의 어두운 방의 모습이 다시 보인다. 손가락이 약간 얼얼하다.

얼마나 신비로운 일인가.

하지만 스투빈 양을 보아서 좋았다. 정말이다.

그녀는 방을 나가기 위해 몸을 돌린다. 그녀의 시야 구석 바깥쪽으로 맥비커 씨의 호출 버튼이 보인다.

그건 바닥 위에 떨어져 있다.

침대에서 먼 곳에.

제이니는 잠시 망설이다가 버튼을 주워들고 벽에 걸린 클립에 다시 연결해 놓는다. 깜빡거리는 불을 다시 끈다.

그녀는 방을 재빨리 훑어보는데 슬쩍 소름이 돋는다.

등 뒤로 문을 닫는다.

얼떨떨한 채로 고개를 흔든다.

접수대에는 수간호사 캐롤이 와 있다.

"내가 네 차트를 마무리했어, 얘. 어디로 갔던 거니?"

제이니는 홀을 가리킨다.

"맥비커 씨의 호출 신호가 깜빡거렸어요. 이제 다 정리되었어요. 제가 막 버튼을 도로 끄고 왔어요."

그렇게 말하는 자신의 목소리가 매끄럽고 순진해서, 스스로 놀라울 정도다.

캐롤이 흥미롭다는 표정을 짓는다.

"그분의 신호는 깜빡대지 않았어, 제이니. 음…… 아마 뭔가 잠깐 고장이 났었나 보다."

그녀는 패널로 다가가서 그걸 들어보고 이리저리 움직여 본다.

"그거 참 이상하네요."

제이니가 가볍게 말한다.

그녀는 차트를 치우고, 코트를 움켜쥐고 밖으로 나선다. 시계는 11시 9분을 가리키고 있다.

"음, 가 볼게요. 내일 학교 가야 되어서요."

집으로 오는 길 내내, 가슴에 상쾌한 노래가 흐른다.

2005년 11월 29일, 12:45 p.m.

제이니는 꿈에 대해 배우는 일에 사로잡힌다. 그녀는 수업 중에 사람들이 잠들기를 기대한다. 그리고 자습 시간을, 언제나, 항상 흥분에 차서 기다린다.

제이니는 할 수 있는 모든 사람에게 연습을 한다.

대부분의 경우에는, 실패한다.

여전히 모든 일을 자유자재로 할 수는 없다.

하지만 해낼 것이다.

신에게 맹세코, 그녀는 해낼 것이다.

이제는 그녀를 도와줄 수 있는 스투빈 양이라는 좋은 친구도 있기 때문이다. 그녀는 복도를 깡충깡충 뛰어가고 싶은 욕구를 간신히 억누른다.

2005년 12월 5일, 7:35 a.m.

케이벨이 자신의 새 차를 학교 주차장, 제이니가 언제나 차를 대는 곳 옆에 주차한다.

완전 신차인 것은 아니다. 그저 그에게 새 차라는 뜻이다.

하지만 BMW다.

필드리지의 남쪽 지역에 사는 사람들은 BMW를 몰지 않는다. 아니, 어쩌면 1976년에는 그랬을지도 모르지만, 확실히 2000년대에는 아니다. 제이니의 입이 쩍 벌어진다. 그녀는 애써 입술을 꽉 다문다. 그녀는 머리를 흔들고는 건물로 걸어간다.

그는 그녀의 바로 뒤에서 걸어온다.

"6년 된 차야, 제이니. 왜 이래."

그가 학교로 오는 길에 자신에게 말을 걸려고 시도했다는 사실에 놀라 제이니의 눈썹이 올라간다.

그녀는 그가 얼음 낀 보행로 위에서 미끄러지며 넘어지는 순간 그를 다시 잃는다.

제이니는 영어 수업으로 가는 복도에서 캐리를 발견한다. 제이니가 그녀에게 묻는다.

"저 밖에 자동차 바퀴에 있는 저 무늬 대체 뭐니?"

"나도 몰라, 친구야. 케이벨이 엄청 큰 거래라도 성사시킨 모양이네. 아직까지도 체포되지 않았다니 믿을 수가 없다."

"정말로 걔가 체포되었었어?"

"아니래. 쉐이의 아빠가 경찰들이랑 일을 잘 풀었나 봐. 케이벨이 주 내내 열린 모든 파티에 쉐이랑 같이 왔더라고."

"그리고 이제 걔가 저 차를 몰고 왔다는 거지."

"저건 빌어먹을 323Ci 컨버터블이야. 스투 오빠 말로는 저런 거는 중고가 적어도 1만 7000달러는 넘을 거라던데."

제이니의 피가 끓어오른다.

"이건 너무…… 너무……."

분노가 들끓어, 말을 차마 이을 수가 없다. 캐리가 순간 날카로운 시선을 보낸다.

"빌어먹을 차마 믿을 수 없는 일이라고?"

그녀 뒤에서 목소리가 들린다.

그녀는 빠른 숨을 들이마시며, 캐리의 눈이 커지는 것을 본다.

"젠장."

그녀가 돌아서자 케이벨이 거기 서 있다.

"난 이만 실례할게."

그가 공손하게 말하고는 그들을 재빠르게 지나쳐서 교실로 들어간다. 제이니는 그가 뿌린 향수의 냄새를 맡을 수 있다. 그녀의 위장이 의지에 반해 요동친다.

캐리의 눈이 반짝거린다. 그녀는 키득거린다.

"아이고."

제이니는 눈을 굴리며 어쩔 수 없이 웃음을 터뜨린다.

"그러게."

12:45 p.m.

며칠간, 제이니는 자습 시간에 다른 사람의 꿈을 탐색해 왔고, 꿈을 바꿈으로서 사람들을 돕는 데 약소한 성공을 거두고 있었다. 그녀는 여전히 하나의 의문을 품고 있다.

아니 두 개라고 치자.

먼저, 어떻게 스투빈 양은 도움을 청하는 맥비커 씨에게 닿을 수 있었는가? 그리고 두 번째, 그가 자신의 꿈을 바꾸도록 그에게 건넨 그녀의 말은 무엇이었을까?

미안. 셋으로 치자. 세 가지의 의문이 있는 걸로.

도대체 그녀는 분명 장님인 데도 꿈속의 스투빈 양이 볼 수 있었던 것은 어째서일까? 그리고 어떻게 그녀가 죽었는데도 여전히 거기 존재할 수 있는 걸까? 그래, 이제 질문은 네 개가 됐다. 제이니도 알고 있다. 아마 심지어 더 많은 질문이 존재할 거라는 것도.

너무 불만스럽다.

그녀도 좀 더 열심히 해야 한다는 것을 알고 있다.

그리고 그녀는 몸무게가 줄고 있다. 빠르게.

그녀는 이미 충분히 말랐다.

이제 그녀의 빰은 자신의 어머니처럼 홀쭉하게 패여 보인다. 밤마다 자신의 꿈으로 작업을 하느라 자주 일어나는 것에 대한 대가로 눈 아래에는 다크 서클이 가득하다.

그녀는 의외의 장소에 놓인 스니커즈 초코바들을 발견한다.

(그녀는 그가 그것들을 줬다는 사실을 안다.)

(그녀는 혹시 거기에 마약을 타놓은 것은 아닌지 의구심을 갖는다.)

케이벨은 지난 몇 주간 자신이 예전에 앉던 그 자리에 다시 앉기 시작한다. 하지만 잠들지는 않는다.

그는 독서를 한다.

제이니는 그가 잠들기를 조금은 바란다. 하지만 동시에 그녀는 자신이 볼 것이 두렵기도 하다.

시험이 다가온다. 그녀는 수학책을 펴고 공부를 한다. 때때로 그녀는 자신에게 등 쪽을 보이고 앉아 있는 케이벨을 흘깃 바라본다. 캐리가 말하는 바에 따르면, 그는 다시 매주 힐 가에서 열리는 파티에 참석한다고 한다. 쉐이와 함께. 엄청난 양의 마약을 들고. 제이니는 한숨을 쉰다. 위협적인 비극에서 마음을 애써 돌려, 수학책에 다시 집중한다. 다시 마음을 쓰지 않으려 애를 쓴다.

1:01 p.m.

케이벨의 머리가 흔들거리더니, 갑자기 확 넘어간다. 그는 머리를 부드럽게 흔들고는 어깨 너머로 제이니를 흘깃 본다. 제이니는 시선을 피해 아래를 내려다본다. 다음 순간, 그가 의자에 구부정하게 몸을 묻더니 손에 뺨을 기댄다. 그의 머리카락이 부드럽게 어깨 근처에 내려앉아 그의 눈 주변을 가린다. 제이니는 그가 책을 넘기는 동안 어쩔 수 없이 그의 옆모습을 그린다.

그의 머리가 다시 흔들린다.

책이 그의 손가락 사이로 빠져나간다.

책이 테이블 위로 탕 소리를 낼 때도 그는 깨지 않는다.

제이니는 그의 에너지를 느낀다.

그녀는 집중하고, 그의 꿈속으로 천천히 미끄러져 들어간다. 또 하나의 긍정적인 변화로, 그녀는 자신의 도착과 출발 속도를 제어하는 법을 배우는 중이다. 그 다음은 더 쉬운데—

1:03 p.m.

그는 감방에 앉아 있다. 홀로. 그의 머리 위에 걸린 간판에는 "마약 사범"이라고 쓰여 있다.

제이니는 감옥 밖에서 그것을 지켜본다.

그의 머리가 아래를 향한다.

갑자기 장면이 변한다.

그는 제이니의 방, 바닥에 앉아서, 뭔가를 메모장에 쓰고 있다. 혼자서. 그가 그녀를 올려다보고, 그녀를 눈으로 손짓해서 부른다. 그녀는 몇 걸음 앞으로 걸어 나간다.

그는 메모장을 들고 있다.

네가 생각하는 그런 게 아니야.

거기엔 그렇게 쓰여 있다.

그는 그 종이를 찢어 낸다. 찢어낸 종이 다음 장에는 또 다른 글이 쓰여 있다.

난 너랑 사랑에 빠진 거 같아.

제이니의 위장이 고동친다.

그는 오랜 시간 메모장을 들여다본다. 그 다음 그는 그녀에게 돌아서서 한 장을 더 찢어낸다. 그는 그 다음 글을 읽는 그녀의 얼굴을 지켜본다.

내 새 기술이 어때?

그는 그녀에게 미소를 짓고, 서서히 사라진다.

장면이 다시 바뀐다. 감방으로 돌아온다. 그의 머리 위에 걸려 있던 간판은 없어졌다.

그는 혼자다. 그녀는 그 모습을 바깥에서 지켜본다. 그는 머리를 아래로 향한다. 그 다음 그가 그녀를 올려다본다.

열쇠 한 묶음이 그녀 앞에 떠다닌다.

"나가게 해 줘. 도와줘."

제이니는 깜짝 놀란다. 그녀는 기계적으로 움직여서 감방 문을 연다. 그는 그녀에게 걸어와서 자신의 팔로 그녀를 안는다. 그는 그녀의 눈을 들여다본다. 그는 그녀의 머리카락에 손가락을 묻고는 그녀에게 키스한다.

제이니는 케이벨에게 키스하고 있는 동안, 자신을 분리해 낸다. 그녀는 어두운 복도로 걸어 나와 도서관의 자신에게 정신을 집중한다.

그녀는 눈을 깜빡인다.

일어나 앉는다.

그를 본다.

그는 자신의 책상에서 여전히 자고 있다.

그녀는 눈을 문지르고 궁금해 한다.

그가 어떻게 그 일을 해낸 것일까?

그리고.

자 이제 어떻게 한담?

1:30 p.m.

그가 제이니의 자리 맞은편 좌석에 미끄러지듯 앉는다. 그의 눈이 졸음과 장난기로 촉촉하다.

"어때?"

"뭐가 어떻냐는 건데?"

그녀가 툴툴거린다.

"성공했지, 그렇잖아."

제이니는 미소를 억누른다. 그러나 그 시도는 거의 망한다.

"젠장, 너 어떻게 그렇게 한 거야?"

그녀가 따져 묻는다.

그의 얼굴은 진지하다.

"너에게 말을 걸 수 있는 유일한 방법이라고 생각했어."

"그래, 거기까지는 나도 알겠어. 그런데 도대체 어떻게 그렇게 한 거냐고."

그가 망설인다. 시계를 흘깃 본다. 어깨를 으쓱한다.

"지금으로서는 설명할 시간이 충분해 보이지는 않네. 언제 나랑 데이트 가능하겠어? 우리가 그 일에 대해 얘기를 좀 나눠볼 수 있게 말이야."

그의 입술 끝에 걸린 미소에서 장난기가 춤을 춘다.

그가 그녀를 코너로 몬 것이다.

그리고 그는 그 사실을 알고 있다.

제이니는 패배를 시인하며 빙그레 웃는다.

"넌 정말 나쁜 놈이야."

그가 다시 요구한다.

"언제 볼지 말해. 이번에 약속한 시간에 늦게 나타난다면 내가 남은 평생 너희 집 가정부를 하겠다고 진심으로 약속한다."

그가 앞으로 몸을 기댄다.

"약속할게."

그가 다시 말한다. 그가 손가락을 들어 보인다.

종이 울린다.

그들은 일어선다.

그녀는 아직 대답을 하지 않았다.

그는 그녀를 향해 테이블을 돌아와서는 그녀를 부드럽게 벽 쪽으로 민다. 그의 입술이 그녀의 입술을 덮는다.

그녀의 입술에서는 스피어민트 향이 난다.

그녀는 속이 쿵쿵 뛰는 것을 막을 수가 없다.

그는 몸을 떼고는 그녀의 뺨을, 머리를 어루만진다.

"언제."

그가 속삭인다. 다급하게.

그녀는 목청을 가다듬고 눈을 깜빡인다.

"하, 학, 학교 수업 끝나고가 좋겠어."

그들은 가방을 움켜쥐고 달린다. 그들이 정치학 교실 앞 복도에 들어섰을 때, 그는 그녀의 손에 에너지바를 쥐어 준다.

그녀는 책상에 앉아 그것을 본다. 그녀는 교실 너머로 그를 향해 눈썹을 치켜세운다.

"단백질."

그가 입모양으로 말한다. 그러고는 아령을 들어 올리는 시늉을 해 보인다.

그녀는 크게 웃음을 터뜨린다.

에너지바를 뜯는다.

선생님이 보지 않을 때에 한 입 베어 문다.

스니커즈만큼 맛있지는 않다.

하지만 그럭저럭 괜찮다.

체육 수업 시간에, 그들은 배드민턴을 친다.

"내가 너 지켜보고 있어. 감히 도망갈 생각은 꿈도 꾸지 마."

두 사람이 자리를 바꿀 때에 그가 으르렁거린다.

그녀는 그에게 짓궂은 미소를 지어 보인다.

방과 후 그녀는 라커를 정리하고 주변을 둘러본 뒤 주차장으로 향한다. 케이벨은 두 사람의 차 사이에 서 있다. 그의 머리카락은 젖어 물이 떨어지고 있는데, 심지어 끝에 아주 조그만 고드름까지 몇 개 달려 있다.

"아하!"

그는 그녀를 보자 외친다. 그는 그녀가 도망치려는 계획을 자신이 발각이라도 한듯 군다.

그녀는 눈을 굴린다.

"어디로 가려고, 꿈꾸는 소년?"

케이벨이 망설인다.

턱을 단단히 다문다.

"우리 집으로. 네가 앞장 서."

그의 말에 그녀가 얼어붙는다. 그녀의 속이 뒤틀린다.

"그…… 그 사람이…….."

그녀는 힘겹게 침을 삼킨다.

창백한 햇빛에 눈을 가늘게 뜬 그가 그녀의 목소리에 담긴 질문을 읽는다.

"걱정 마, 제이니. 그 사람은 죽었어."

가장 긴 날에 일어난 일

여전히 2005년 12월 5일

3시 정각이다.

제이니는 케이벨의 주차로에 머뭇거리며 차를 댄다. 그가 그녀의 뒤에 차를 대고 차에서 뛰어 내려, 그의 백 팩을 차에서 집어 들고 부드럽게 차문을 닫는다. 차문은 완벽하게 달깍 소리를 내며 닫힌다. 그가 생각에 잠긴 목소리로 말한다.

"저 소리가 딱 마음에 들어. 어쨌든, 이쪽으로 와."

그가 차고로 통하는 부서질 듯한 문을 연다. 문은 삐걱거리며 신음 소리를 낸다. 그가 차고 불을 켜고 제이니에게 손을 내민다. 차고 안은 깔끔하다. 오래된 잔디깎이 기계와 휘발유에서 나는 것 같은 쾌적한 냄새가 난다. 문 옆에 매달려 있는 것은 케이벨의 스케이트보드다. 제이니는 미소를 지으며 스케이트보드를 만져 본다.

181

"기억 나? 그거 정말 친절한 행동이었어. 정말로 그날 밤에 집까지 걸어갈 계획이었거든."

"어떻게 잊어버리겠어. 그날 네가 체육관 문손잡이로 내 위장을 그대로 들이받았는데."

"그게 너였어?"

그가 그녀에게 잘난 체하는 미소를 지어 보인다.

"그랬어."

그들은 안으로 들어간다.

집은 조그맣다. 깨끗하다. 카펫은 낡아서 올이 다 드러나 있다.

그녀는 부엌을 보다가 깜짝 놀란다. 그녀는 그의 꿈을 통해서 이전에도 이 방을 본 적이 있었다. 그 식탁. 그리고 그 의자들.

"맙소사."

그녀는 조그맣게 속삭인다. 그녀가 올려다보자, 천장에 달린 선풍기가 거기 있다.

"아, 이런."

그녀는 돌아서서 앞문이 어디 있는지, 어디로 중년 남자가 들어왔는지, 어떻게 그것이 그녀에게 손짓했는지 본다. 그녀는 자신의 백팩을 바닥에 떨어뜨린 후, 눈을 감고 손으로 얼굴을 덮는다.

그때 그가 그녀의 어깨를 어루만진다.

팔을 그녀에게 두른다.

그녀의 머리를 쓸어 준다.

그가 입술을 그녀의 귀에 대고 속삭인다.

"그는 여기에 없어. 그건 그저 꿈이야. 결코 일어난 적 없어. 결코 일어난 적 없는 일이야."

그녀는 그 말에 진정된다. 그녀는 다시 숨을 쉰다. 그녀는 얼굴에서 손을 떨어뜨리고 그의 어깨, 가슴을 더듬는다. 그의 가슴을 가볍게 만지는데, 문득 셔츠 아래에 상처가 있는지 궁금하다. 그 꿈이 정말로 일어난 일인지 궁금하다. 다음 순간 그가 그녀의 목에 키스를 하고, 그녀는 자신의 입술로 그의 입을 찾으러 고개를 돌리며 무너져 내린다. 그녀는 손가락 끝으로 그의 턱을 따라 더듬고, 그에게 힘껏 키스를 한다. 두 사람의 혀가 서로를 미친 듯이 맛보고, 두 사람은 마치 두려운 것처럼, 길 잃은 아이들처럼, 굶주린 것처럼, 서로를 만지고 안는 것에 굶주린 것처럼, 그렇게 누군가가 그들을 만져 주고 안아 준 적 없는 것처럼, 누구도 그런 적 없는 것처럼, 그래서 서로가 그들이 처음으로 만난 충분히 비슷한 사람인 것처럼, 충분히 안전한 사람인 것처럼, 서로를 구해 주기에 충분히 강한 사람인 것처럼 그는 그녀에게, 그녀는 그에게, 서로에게 떨리는 몸을 누른다. 그들은 힘겹게 숨을 내쉰다. 강하게. 그들의 손가락은 솜처럼 한계에 이른다.

그러고 나서 그들은 천천히 느려진다.

멈춘다. 그대로. 쉰다.

둘 중에 하나가 먼저, 아니면 동시에, 흐느끼기 시작한다.

고쳐야 하는 또 다른 조각을 부수기 전에.

그들은 잠시, 숨을 고르며 함께 서 있다.

다음 순간 그는 그녀의 손을 더듬어 자신의 손과 얽듯이 잡고 그녀를 거실로 이끈다.

거실 탁자 위에 한 무더기의 책이 놓여 있다.

그가 제이니를 본다.

"이게 그 방법이야. 너도 이제는 이 책들을 알지, 그렇지."

그가 그녀에게 말한다. 그의 목소리는 전염성이 있다.

"그래."

그녀가 말한다. 그녀는 탁자 옆에 무릎을 꿇고 꿈에 관한 책을 펼친다.

"난 연습을 해 왔어. 몹시 소망하면서."

'그리고 꿈을 꾸면서.'

그녀가 마음속으로 덧붙인다.

"얘기해 줘."

그가 탄산음료 두 잔을 내려놓으며 사과를 한다.

"더 강한 음료 같은 게 없네. 어쨌든. 나는 이 책에서 자각몽에 대해서 읽고 나 자신에게 내가 원하는 것을 꿈으로 꿀 거라고 말했어."

그녀가 미소 짓는다.

"응, 나도 그랬어."

"좋아. 수면 클리닉은 어땠나?"

그가 업무적인 어투로 말한다.

"어. 아이디어는 좋았는데, 결과적으로는 별로 괜찮지 못했어. 거기 갔는데, 실험실 조교 같은 사람이 수면실로 향하는 문을 열자마자 꿈에 갇히고 말았어. 그래서 나왔지 뭐."

그녀가 잠깐 멈춘다.

"하필 애버네시 교장 선생님의 꿈이었어. 난 그 시골뜨기 아저씨가 뭘 꿈꾸는지는 정말로 알고 싶지 않았어."

케이벨이 자신의 펩시를 한 입 마신다.

"잘 판단했어."

그는 심각하게 생각에 빠진다. 하지만 다음 순간 그 생각들을 털어낸다.

"그래, 정말로 잘 판단했어."

"엥?"

"아무 것도 아니야. 좋아, 그래서 난 처음에는 너에 대한 특정한 꿈을 꾸려고 시도했지. 하지만 바로 그 일이 일어나거나 하지는 않았어. 너무 많이……."

그가 잠시 멈추더니 그녀를 옆 눈으로 본다.

"내가 말을 너무 많이 하게 되더라고. 내가 원래 하려고 했던 말보다 더 많이. 스스로 제어를 할 수가 없었어."

그가 자리를 옮긴다.

"그래서 난 다 망친 모양이라고 생각했어. 하지만 그 다음에 내 생각들을 종이에 쓸 수 있을 거라는 데 생각이 미쳤지. 그래서 여러 번의 시간 동안 연습을 했어. 최근의 몇 밤 동안에 글을 쓰는 데에 성공했고."

"하지만 네가 처음 꿈을 꿀 때는 나에 대한 꿈이 아니었잖아. 적어도, 끝까지는 아니었지."

"맞아. 그건 아마 내가 혼자 스스로 꿈을 꾸더라도, 내가 꿈을 꿀 때 네 근처에 있어서 네가 그 꿈에 있을 수도 있다고 알게 되면, 꿈을 좀 더 잘 조절할 수 있기 때문일 거야."

제이니는 눈을 감고 그걸 그려 본다.

"영리해."

그녀가 중얼거린다. 그녀는 눈을 뜬다.

"정말로 영리한걸, 케이브."

"그래서 너 메모장을 읽었어?"

그가 말한다. 그의 얼굴이 조금 달아오른다.

"그래."

"메모 전부를?"

그녀는 그의 얼굴을 훑어본다.

"그래."

"그리고?"

그녀는 조용하다.

"뭐라고 해야 할지 모르겠어. 난 정말 혼란스러워."

그가 그녀의 손을 잡고 소파에 기댄다.

"설명해 줄 게 너무 많아. 다 들어 줄래?"

그녀는 숨을 들이 마시고, 천천히 내뱉는다. 그를 미워할 모든 이유들이 다시 그녀의 머릿속으로 흘러들어온다. 자기 보호 본능이 다시 스며든다. 그녀는 다시는 이 롤러코스터를 타고 싶지 않다. 그녀가 마침내 입을 연다.

"글쎄, 나는 네 말을 믿을 수 있을지 잘 모르겠어. 넌 처음부터 내게 거짓말을 해 왔잖아. 그러니까, 그게, 아주 예전부터."

그녀는 먼 곳을 본다.

자신의 손을 그에게서 빼낸다.

갑작스레 벌떡 일어나더니 묻는다.

"화장실이?"

"젠장. 부엌을 지나서, 오른쪽 첫 번째 문이야."

그녀는 화장실을 찾아서, 잠시 세면대 위에서 조용히 흐느낀다. 코를 풀고, 다시 좀 괜찮아질 때까지 욕조 끝에 앉아 있다. 자신이 이 롤러코스터에 이미 올라타 있음을, 그것도 제일 첫 번째 칸에 타고 있음을 깨닫는다.

그녀가 거실에 돌아왔을 때, 그는 전화 통화를 막 마무리하는 중이다. "내일"이라는 말이 분명히 들린다. 그는 무릎에 팔꿈치를 올리고, 손으로 머리를 짚고 있다. 그가 전화를 끊는다.

그가 둔탁한 음성으로 그녀를 보지 않은 채 말한다.

"봐, 내가 너에게 말할 수 없는 거지같은 일들이 있어. 아직은 말 못해. 아마도 한동안은 못할 거야. 하지만 지금 바로 대답할 수 있는 질문들이라면, 뭐라도, 그게 뭐라도 대답할게. 내가 만약 대답할 수 없고, 그래서 그게 네 맘에 안 든다면, 날 마음껏 미워해도 돼. 네 탓 하지 않을 테니."

그녀는 혼란스럽다. 쉬운 것부터 시작하기로 마음먹고 천천히 말한다.

"좋아. 지금 누구랑 통화하고 있었는지부터, 그럼."

그는 눈을 감는다. 신음을 흘린다.

"쉐이."

제이니는 거실로 향하는 문간에 서 있다가, 휘청거린다. 분노로 가득 찬 눈물이 눈에서 샘솟는다. 하지만 입을 여는 그녀의 목소리는 이상하리만큼 침착하다.

"맙소사, 케이브."

그녀는 돌아서서 자신의 가방을 움켜쥐고 그들이 함께 집으로 들어온 같은 길로 돌아 나간다.

차에 탄다.

주차로에서 차를 뺄 수가 없다.

그녀는 그의 화려한 고급차를 들이받을까도 생각해 본다.

하지만 그게 에델에게 좋을 것 같지가 않다.

"엿이나 먹어라!"

그녀는 외치고는 운전대에 얼굴을 묻는다. 저 멍청한 배수로 때문에, 에델을 상하게 하지 않고는 마당을 가로질러 운전하는 것도 무리다.

그 다음 순간, 그녀는 앞문이 닫히는 소리를 듣는다. 그가 자신의 차를 움직이기 위해 달려 나온다. 그는 자기 차에 시동을 건 다음 차를 끌어 그녀의 차 옆에 풀밭 위로 옮겨 그녀가 후진으로 나갈 수 있게 한다.

그녀는 왜 자신이 기다리고 있는지도 모르겠다.

그가 그녀의 차창으로 다가온다.

그녀는 지금이라도 여전히 갈 수 있다.

그가 창문을 두드린다.

그녀는 망설이다, 창문을 몇 센티미터 내린다.

"정말 미안하다, 제이니."

그가 말한다. 그는 울고 있다.

그는 다시 안으로 들어간다.

그녀는 36분 동안 그렇게 주차로에 얼어붙은 채로 앉아 있다. 자신과 싸우면서.

자신 역시 그와 사랑에 빠졌다고 생각하기 때문이다. 그리고 지금 이 순간 사랑에 빠진 바보가 되기 위해서는 두 가지 방법이 있다.

그녀는 더 힘든 쪽을 택한다.

그리고 문을 두드린다.

문을 열어 줄 때 그는 또 다시 통화를 하고 있다. 그의 눈이 붉게 충혈되어 있다.

"시도는 해 볼게요."

그가 말하고 전화를 끊는다. 서 있는 그의 모습은 엉망이다.

제이니는 화가 난 채, 엉덩이에 손을 얹고 말한다.

"다시 한 번만 더 해 보자고, 우리. 지금 통화한 사람은 누구야, 케이브?"

그녀의 말이 버석거리는 공기를 베어 내는 칼날 같다.

"내 보스야."

그녀는 잠시 깜짝 놀란다.

"네 딜러란 뜻이야? 너의 뚜쟁이?"

빈정거림이 어스름한 집 안을 울린다.

그가 눈을 감는다.

"아니야."

그녀는 그저 거기 서 있다. 불확실한 얼굴로.

그가 눈을 뜬다. 안경을 벗고는 소매로 얼굴을 문지른다. 그의 목소리에서 희망이 전부 사라져 있다. 그가 차분히 말한다.

"나랑 어디 좀 같이 가 줄 수 있을까? 보스가 너랑 얘기를 해 보고 싶대."

그녀는 눈을 깜빡거린다. 초조해진다.

"왜?"

그녀가 묻는다.

"난 대답할 수 없어. 날 좀 믿어 줘."

제이니는 한 걸음 물러선다. 그 말이 제이니의 귀에 익숙하게 울린다. 그녀는 같은 걸 그에게 전에 요구한 적이 있다.

그녀는 신중히 생각에 잠긴다.

"따로 운전해서 갈게."

그녀는 조용히 답한다.

4:45 p.m.

그녀는 그의 차를 따라 필드리지 시내로 향한다. 그는 커다란 주차장에 들어간다. 주차장의 뒷문은 도서관, 우체국, 경찰서, 프랭크의 바 앤드 그릴, 필드리지 빵집, 그리고 고층 아파트와 빌라들이 소규모 동을 이루고 있는 지역으로 통한다. 그는 주차 공간에 차를 댄다. 그녀도 그의 옆에 차를 세운다.

그는 죽 늘어선 건물 쪽을 향해 걸어가, 열쇠를 사용해 아무 표시도 없는 문으로 들어선다.

그녀는 그를 따라 들어간다.

그들은 계단을 따라 내려가고, 그들 앞에 뻥 뚫린 공간이 나타난다. 사무실이다. 파티션으로 여러 공간이 나뉘어 있고, 문으로 닫아 분리할 수 있는 사무실도 있다.

그들이 도착하자 대여섯 명의 사람들이 쳐다본다.

"케이브."

그들이 고개를 동시에 고개를 끄덕인다. 그도 고개를 끄덕여 인사하고 사무실로 통하는 문을 가볍게 두드린다.

창문 위에는 검은 글씨로 "프란 코미스키 서장"이라고 쓰여 있다.

문이 열린다. 구릿빛 머리카락의 여자가 그들에게 들어오라고 한다. 그녀의 머리카락은 아주 짧고, 피부는 갈색이다. 검은색 정장 스커트에 재킷, 주름 하나 없이 빳빳한 하얀 블라우스 차림이다.

"앉아."

그녀의 말에 다함께 앉는다.

그녀는 자신의 책상 뒤에 앉는다. 책상 위는 종이 더미와 전화기 세 대와 컴퓨터 두 대로 이미 쓰레기통이다.

서장은 두 사람을 잠시 관찰한다. 그녀는 책상 위에 팔꿈치를 기대고, 손가락으로 텐트를 만들어 입에 대고 누른다. 그녀의 눈매는

191

나이로 인해 가볍게 주름이 져 있다.

그녀는 손을 내린다.

"그래서. 해녀건 양, 맞지, 그렇지? 난 코란 코미스키라고 한다. 다른 사람들은 날 서장이라고 부르지."

그녀는 책상 너머로 몸을 기대 제이니에게 손을 내민다. 제이니도 앞으로 몸을 기울이고 그녀의 손을 잡아 흔든다.

"만나서 반갑습니다, 서장님."

제이니는 기계적으로 말한다. 제이니는 케이벨을 흘긋 바라본다. 그는 자신의 무릎을 보고 있다.

"동감이야."

서장이 제이니에게 말한다.

"케이브, 너 진짜 구려 보인다. 이제 우리 이 일을 똑바로 한번 바로잡아 볼까?"

"네, 서장님."

케이벨이 말한다.

케이벨이 코미스키 서장에게 쓰는 말투를 듣고 있으니 궁금증이 인다. 하지만 케이벨의 태도를 서장은 별로 신경 쓰는 것 같지는 않다. 서장이 거친 음성으로 말한다.

"제이니, 케이벨은 너를 잃으니 자신의 일을 그만두는 편이 낫다고 하더구나. 어쩜 그렇게 젊은 남자답나 하고 말할 수밖에 없네, 나로서는. 어쨌든, 그 발언이 내게 큰 영향을 미치기 때문에 내가 이 문제를 해결하기 위해 널 이곳으로 초대한 거야. 지금 일어나고 있는 게임이 이 단계까지 와 있는 마당에, 케이브를 잃을 바에야 내 윈

쪽 다리를 잃는 편이 낫다는 것을 너도 알아줬음 하는구나."

제이니는 침을 삼킨다. 도대체 이게 다 무슨 일인가 영문을 모르겠다.

서장에 케이벨을 본다.

"케이브 말이, 너는 비밀을 지키는 쪽으로는 믿을 만하다고 하던데. 사실이니?"

제이니는 말한다.

"네, 저…… 아니, 서장님."

서장이 미소 짓는다. 긴장이 조금은 깨진다.

"그래서. 자, 여기 이 귀여운 남자애가 너에게 여러 거짓말을 했지, 그런데 그건 내가 다 시킨 건데, 이 녀석은 네가 더 이상 자기가 말하는 건 아무것도 믿지 않을까 봐 두렵다는구나. 그래서 내가 여기에 와 있는 거지, 해녀건 양. 너는 내 말이라면 믿을 수 있다고 생각하니?"

제이니는 고개를 끄덕인다. 달리 뭘 할 수 있겠는가?

"좋아. 어디 보자, 여기 어딘가 내가 급히 적어야 되는 게 있는데. 내가 너한테 말해 줘야 할 것들이 많지. 그리고 만약 네가 더 많은 질문이 있다면, 케이벨이 그 질문들에 대답해 줄 거라고 내가 보증하마. 그리고 넌 재를 믿어야 돼."

꼭 명령 같은 말이다.

서장은 한 무더기의 종이뭉치를 넘기더니, 하프 글라스(하반부만 반원형으로 된 독서용 안경 ─ 옮긴이)를 걸친다. 그녀의 휴대폰이 울리자, 그녀는 기계적으로 버튼에 손을 뻗어 폰을 조용하게 만든다. 그녀는 흘낏 케이벨을 봤다가, 다시 종이들로 시선을 옮긴다.

"좋아, 얘기해 볼까. 먼저, 케이브는 쉐이 와일더와 아무런 관련이 없단다."

그녀는 시선을 들어 안경 너머로 뚫어지게 제이니를 응시한다.

"사실 내가 그 부분을 딱히 증명해 줄 수 있는 건 아니야, 해너건 양. 하지만 최근 한 저녁 때 쉐이랑 시간을 보낸 다음에 쟤가 토하는 걸 본 적도 있어. 그 정도면 마음에 드나?"

제이니는 고개를 끄덕인다. 꼭 다른 누군가의 이상한 꿈속에 와 있는 기분이다.

"제이니, 그 정도면 마음에 드냐고?"

서장의 목소리가 올라간다.

"네, 서장님."

제이니가 말한다. 그녀는 의자에서 몸을 똑바로 한다.

"좋아. 두 번째. 케이브는 마약 판매상, 마약 밀매상, 마약상의 연락책, 마약 상용자, 기타 등등 현실에서 있을 법한 마약과 관련된 그 아무것도 아니야. 쟤는 그저 그걸 TV에서처럼 연기하고 있을 뿐이란다."

그녀는 잠시 멈췄으나, 이번에는 반응을 기다리지 않는다.

"세 번째."

그녀는 뒤로 기대더니, 책상 위에 종이들을 펼쳐놓고 이로 펜을 씹는다.

"조만간 노스 필드리지의 힐 가에, 아주 커다란 마약 관련 급습이 있을 예정이고, 그건 이 정도로밖에(그녀는 엄지와 검지를 몇 센티 벌려 보인다.) 남지 않은 일이야. 만약에 네가 이 일에 대해서 누구에게라도, 내 말은 어떤 누구에게라도 말이지, 한 마디라도 떠들어서 이 일을 망치게 된다면, 나는 너에게 개인적으로 책임을 물을 거다, 해너건 양. 케이벨과 애버네시 교장 선생님을 제외하고는, 네가 이 일에 대해 알고 있는 유일한 사람이야. 여기까지 이해되었나?"

제이니는 고개를 끄덕인다. 그녀의 눈이 커진다.

"네, 네, 서장님."

"좋아."

서장은 케이브를 돌아본다. 그녀의 얼굴이 부드러워진다. 약간.

"케이벨, 이 녀석. 너 내 편이니, 아니니? 나는 이 게임에서 네 머리가 필요하다고. 자. 만약 네가 내 편이 아니라면 이 일은 다 말아먹었어."

케이벨은 제이니를 힐끗 보고, 기다린다. 그녀는 놀란다. 그는 그 결정을 그녀에게 넘긴 것이다. 그녀는 고개를 끄덕인다.

그는 의자에 똑바로 앉아, 서장의 눈을 바라본다.

"네, 서장님. 저도 함께입니다."

서장은 고개를 끄덕이고는 그들 두 사람에게 좋다는 미소를 잠깐 짓는다.

"좋아. 이제 다 끝난 건가?"

제이니는 불편하게 움직인다.

다음 순간 케이벨이 잊지 못할 표정이 제이니의 얼굴에 떠오른다.

"망할."

그녀가 속삭이고는, 자신의 손톱을 의자에 박아 넣는다.

5:14 p.m.

제이니는 은행 금고 안으로 굴러 떨어진다. 거기에는 검은 머리의 경찰이 바닥에 앉아 있다. 그는 손목에 묶인 밧줄을 풀려고 씨름 중인데, 그의 입에는 재갈이—

5:15 p.m.

그녀는 다시 의자로, 케이벨의 옆으로 돌아온다. 케이벨이 그녀의 뒤를 걸어 와서, 다시 그의 의자 앞에 앉는다. 문은 이제 닫혀 있다.

"고마워. 그게 오는 줄을 못 알아차렸어."

그녀는 목청을 분명히 하려 애쓰며 말한다.

서장이 눈을 좁힌 채 그녀를 뚫어져라 바라보고 있다. 그녀는 제이니에서 케이벨을, 다시 제이니를 본다. 그녀는 목청을 다듬는다. 크게. 기다린다.

제이니의 얼굴이 하얘진다.

케이벨의 눈이 커진다.

"의학적인 도움이 필요한가, 해너건 양?"

서장이 마침내 말한다.

"아니요, 서장님. 괜찮습니다. 감사합니다."

"케이브?"

"제이니는 괜찮습니다, 서장님."

서장은 심사숙고하는 듯, 책상 위로 펜을 두드린다. 그녀는 천천히 말한다.

"방금 여기서 막 일어난 일에 대해서, 너희 둘 다 나에게 더 이상 하고 싶은 말이 없는 건가?"

케이벨이 제이니를 본다. 그가 조용히 말한다.

"네 판단에 맡길게."

그녀는 망설인다.

서장의 눈을 본다.

"없어요, 서장님. 다만…… 그저…… 서장님의 직원 분 중 한 명이 책상에서 잠드셨는데, 아마 안 좋은 꿈을 꾸시나 봐요. 은행 강도 건이 경찰들에게 좋지 않은 쪽으로 풀린 모양이에요. 그분이 금고에 묶여 계시더군요. 서장님."

서장의 얼굴은 바뀌지 않는다. 그녀는 이제 펜으로 입술을 두드리고 있는데, 심지어 반대쪽으로 펜을 들고 있다. 푸른색 잉크가 그녀의 코 아래에 작은 점을 남긴다.

"어떤 경찰관 말이지, 제이니?"

그녀가 천천히 묻는다.

"저…… 저는 그분 이름은 몰라요. 짧은 검은 머리카락이었어요. 40대 초반, 아마도? 다부진 체격이고요. 발목과 손목이 밧줄로 묶여 있었고, 하얀 천으로 된 재갈이 입에 물려 있었어요. 적어도 제가 본 건 그랬어요. 세세한 부분들은 바뀌기도 해요."

"라비노위츠."

197

서장과 케이벨이 동시에 말한다.

"내 대신 그 사실들을 재확인해 보고 싶나, 케이브?"

"아니요, 서장님. 악의는 없습니다, 서장님, 하지만 그럴 필요 없습니다. 서장님께서 직접 그 분에게 물어보시고 싶을 거라고 생각합니다."

서장은 그녀의 머리를 가볍게 기울이며 생각에 잠긴다. 그녀는 의자를 뒤로 민다.

"어디 가지 말거라, 너희 둘."

그녀는 나가기 전, 두 사람 모두에게 강하고 딱딱한 얼굴을 해 보인다. 그 얼굴은 "날 갖고 장난치지 않는 게 좋을 거야."라고 말하고 있다. 서장이 나가면서 문을 열자, 제이니는 예상되는 바가 있어 의자를 움켜쥔다.

"문을 연 채로 둬, 케이브."

그녀는 눈이 멀기 전에 숨을 헉 하고 들이쉰다.

이제 그녀는 금고에 다시 돌아와 있다.

공기가 점점 모자라간다. 경찰은 끈을 풀기 위해 애쓰고 있다. 그는 허리춤에 차고 있는 전화기에 닿기 위해 애를 쓴다. 제이니는 그가 자신의 아내에게 전화를 걸고 싶어 한다는 것을 안다. 그녀는 그의 관심을 끌려고 한다. 그가 그녀와 눈이 마주치자, 그녀는 그의 동공에 집중한다.

'도와 달라고 말해요.'

그녀는 생각할 수 있는 한 강하게 계속 생각한다. 그의 입에 재갈이 물

198

려 있어서 그 말을 어떻게 할 수 있는지 그녀도 아는 바가 없음에도.

그녀는 웅얼거리는 간청을 듣고는 이 정도면 충분하다는 걸 깨닫는다.

"네! 그거예요."

그녀는 재갈을 풀고 자신이 크게 말했다는 걸 깨닫는다.

'괜찮은데.'

"자."

그녀는 그의 눈을 들여다본다.

"이건 당신 꿈이에요. 당신이 바꿀 수 있어요. 자유를 찾아요."

그가 그녀를 본다. 그의 눈이 커다래진다.

"자유를 찾아요."

그녀가 다시 격려한다.

그가 싸우다가 울음을 터뜨린다.

그리고 그의 팔과 다리가 자유롭게 풀어진다.

그가 폰을 움켜잡고는 911에 전화를 건다. 그가 눈을 감자, 금고의 자물쇠가 금고 안쪽에서 마술처럼 나타난다. 허공에서 갑자기 금고를 어떻게 여는지 쓰여 있는 종이 한 장이 둥실 나타난다.

그는 그것을 즉시 해낸다.

그리고 모든 것이 깜깜해진다.

5:19 p.m.

제이니는 다시 케이벨 옆으로 돌아온다. 그는 그녀의 팔을 살짝 만진다.

"너 괜찮아, 해너건?"

그는 밖으로 나갔다가 다시 돌아와, 그녀의 손에 물이 든 종이컵을 건네준다. 그녀는 탐욕스럽게 물을 마신다.

그녀는 다른 것보다 아드레날린으로 인해, 가볍게 떨고 있다.

"내가 해냈어. 내가 그를 도왔어. 아, 맙소사, 그건 너무 멋졌어! 그렇게 어려운 사람을 처음으로 돕다니."

그녀가 미소 짓는다.

케이벨이 지친 표정으로 미소를 짓고 있다.

"언젠가 이 일을 설명해 줘야 할 거야. 물론 여전히 나랑 얘기를 하고 싶은 경우에 말이지만."

"아, 케이벨. 난……."

서장이 방으로 돌아오더니 문을 닫는다.

"뭘 봤는지 얘기해 봐, 해너건 양. 네가 할 수 있다면 부탁한다. 라비노위츠도 승낙했단다."

제이니는 눈을 깜빡거린다. 그녀는 서장이 자신의 이야기를 심각하게 받아들였다는 걸 믿을 수가 없다. 그녀는 서장에게 자신이 금고에서 목격한 것을 모두 이야기한다.

길고.

기다란.

침묵이 흐른다.

"허, 맙소사."

서장이 마침내 이야기한다.

그녀는 자신의 하프 글라스를 책상 위에 내려놓는다.

"어떻게 너는 그런 일을 할 수 있지? 너는…… 너는……."

그녀는 망설인다.

거의 스스로에게 말하는 듯한 어조로 서장이 계속 말한다. 그녀의 음성이 뭔가에 젖어 있다. 거의 경외감까지 묻어난다.

"꼭 마사 스투빈 선배님 같아."

6:40 p.m.

케이벨과 제이니는 경찰서 바로 옆의 프랭크스 바 앤드 그릴에 들러, 기름기가 줄줄 흐르는 햄버거와 감자튀김을 게걸스럽게 먹는다. 그들은 카운터의 붉고 둥근 회전의자 위에 앉아서, 2미터 앞에서 햄버거가 만들어지는 모습을 지켜본다. 밀크셰이크를 마실 수 있는 몇 안 되는 고전적인 장소 중 하나이다.

그들은 혼란스러운 마음으로 그저 먹을 뿐이다.

8:04 p.m.

그들은 케이벨의 집으로 되돌아온다. 케이벨은 그녀에게 아까 보여 주지 않았던 나머지 두 개의 방을 보여 준다. 그의 침실과 컴퓨터 방이다. 그는 두 대의 컴퓨터와 세 대의 프린터, CB 라디오 하나, 그리고 경찰용 전파 수신기를 갖고 있다.

그녀는 방을 돌아보며 말한다.

"믿을 수가 없어. 잠깐, 잠깐만…… 너 여기 혼자 사는 거야?"

"지금은 그래."

"어떻게……."

"난 19살이야. 난 중3까지는 너보다 한 학년 위였잖아, 너도 기억하겠지만."

제이니는 그가 자신의 학년으로 낙제했다고 알고 있었다.

"내가 너를 알기 전이었지, 그래."

"형이 가끔씩 여기 들러서, 내가 더 이상 문제를 일으키지 않고 사는지 감시하곤 해. 형이랑 형수는 여기서 몇 키로 떨어지지 않은 곳에 살고 있어. 고맙게도, 내가 18살이 되었을 때 이사를 나갔지."

"고맙게도?"

"여긴 정말 작은 집이잖아. 벽도 얇고. 그 사람들은 신혼이었단 말이야."

"아. 너희 부모님은?"

케이벨이 소파에 앉는다. 제이니는 근처의 의자에 앉는다.

"엄마는 플로리다에 사셔. 플로리다 어딘가에. 내 생각에는 그래."

그가 어깨를 으쓱한다.

"아빠가 우리를 키우셨지. 어느 정도는. 정말로 날 키운 건 우리 형이라고 하는 게 맞는 것 같아."

제이니는 의자에서 몸을 말고 그를 바라본다. 그의 마음은 지금 어딘가 저 멀리에 가 있다. 그녀는 기다린다.

"아빠는 베트남전에 참전하셨어, 전쟁 말미에. 그분 정신은 엉망진창이 되었지."

케이벨이 그녀를 본다.

"엄마가 떠나신 다음, 아빠는 미쳤어. 아빠는 꽤 자주 우리를 미친 듯이 패셨고……."

케이벨이 테이블을 쳐다본다.

"아빠는 돌아가셨어. 몇 년 전에. 그나마 잘된 일이야. 알까 몰라? 난 이 문제를 극복했어. 끝난 일이야."

케이벨이 소파에서 일어나서 기지개를 편다.

제이니도 일어난다.

"거기로 날 데려가 줘."

"뭐?"

"보여 줘. 헛간 뒤쪽."

그가 입술을 깨문다.

"좋아……."

그가 잠시 망설인다.

"난 거기에 한동안…… 그러니까, 있지, 한동안 가지 않았어. 거기는…… 아빠를 피해 숨던 곳이야."

그녀가 고개를 끄덕인다. 코트를 입는다. 그의 코트도 그에게 전해 준다. 그들은 뒷문을 통해 나간다.

얼어붙은 잔디 위로 바스락거리는 소리가 난다.

공기는 눈이 올 것만 같다.

근처로 오자, 그가 속도를 늦춘다.

"네가 앞장서."

그가 아무것도 자라지 않고 있는 작은 정원의 끝에서 멈춰 선다.

제이니가 그를 본다. 그녀는 두렵다.

"그래."

길게 자란 풀들이 그녀가 그 사이로 걸어가자 찍찍 거리는 소리
를 낸다.

제이니는 어둠 속으로 미끄러져서는 헛간 뒤로, 케이벨의 시야에
서 사라진다. 그녀는 멈춰서 헛간을 바라보면서 어둠에 눈이 익숙해
지기를 기다린다. 그녀는 자신이 있던 장소, 꿈속에서 그녀가 기대
있었던 곳을 보고, 거기에 선다.

왼쪽을 바라본다.

괴물을 기다리면서.

하지만 그녀는 이제 그 괴물이 자신의 아빠가 죽으면서 죽었다는
것을 안다.

그녀는 모퉁이를 더듬어, 그가 오는 곳을 바라본다.

그녀의 눈에 선명하게 보인다.

케이벨이, 집을 떠난다. 문을 쾅 닫는다.

계단에 선 남자가, 소리를 지른다. 뒤따른다.

케이벨의 얼굴을 때린다.

라이터 기름을 그의 배꼽에 붓는다.

불과 비명.

변신.

그리고 괴물이 칼을 손가락에 달고, 그녀에게로 달려온다. 괴성을 지르면서.

그녀는 어둠 속에서 공포에 질린다.

호흡을 빨아들인다.

그것이 그저 꿈일 뿐이라는 말이 지금, 너무나도 강력하게, 필요하다.

그는 뒷계단에 앉아 있다. 조용하게.

그녀가 그에게로 걸어간다. 그의 손을 잡는다. 안으로 데려간다.

집은 어둡다. 그녀는 램프를 찾아 더듬거린 후, 그것에 불을 밝힌다. 먼 벽에 그들의 그림자가 어른댄다. 그녀는 커튼을 친다. 그의 코트를 받고, 그녀의 코트와 함께 부엌 의자에 걸쳐 둔다. 그는 거기서서, 그녀를 지켜본다.

"보여 줘."

그녀의 목소리가 조금 떨린다.

"뭘 보여 줘? 넌 이미 모든 걸 다 봤을 거 같은데."

그의 웃음은 공허하고, 불안정하다. 그는 그녀의 마음을 읽으려 애쓴다.

그녀는 손을 뻗어 그의 셔츠 단추를 천천히 푼다. 그가 날카로운 숨을 들이마신다. 잠시 눈을 감는다. 그러고 나서 눈을 뜬다.

"제이니."

그의 셔츠가 바닥으로 떨어진다.

그녀는 티셔츠를 위로 올린다. 그저 아주 조금. 그녀는 그의 눈을 바라본다. 그는 그녀에게 눈으로 애원한다.

제이니는 자신의 손가락을 그의 셔츠 아래로 미끄러뜨린다. 그의 허리 옆선의 따뜻한 피부를 어루만진다. 그가 들이마시는 숨이 점차 빨라지는 걸 느낀다. 그녀의 손을 위로 밀어 올린다.

흉터를 느낀다.

그가 강한 숨을 들이쉬고는 고개를 옆으로 돌린다. 벽 위에 비친 그의 입술 그림자가 떨린다. 목울대가 빠르게 움직인다.

"아, 빌어먹을."

그의 목소리가 갈라진다. 그리고 그가 흔들린다.

그녀는 그의 셔츠를 잡고, 그의 머리 위로 벗긴다.

화상이 남긴 상처는 땅콩 껍질처럼 울퉁불퉁하다. 상처는 그의 배와 가슴에 부분 부분 남아 있다.

그녀는 흉터들을 어루만진다.

그 흔적을 따라 이동한다.

흉터에 키스를 한다.

그는 거기에 서 있다. 눈물이 흐른다. 겨울의 정전기로 그의 머리카락이 곤두선다. 그의 속눈썹이, 희미한 불빛에서 뛰어오르는 거미 같다. 그는 어쩔 수가 없다.

그가 앞으로 구부린다.

쥐며느리처럼 몸을 만다.

자신을 방어하려고.

바닥 위로 무너져 내린다.

"멈춰. 제발. 그만 멈춰."

그녀는 그렇게 한다. 그녀는 그에게 셔츠를 건넨다.

그는 셔츠가 수건인 양 얼굴을 닦는다.

셔츠를 아무데나 던진다.

"내가 갔으면 좋겠어?"

그녀의 질문에 그가 고개를 흔든다. 흐느낌으로 몸을 떨며 그가 말한다.

"아니."

그녀는 그의 옆 바닥에 앉아, 소파에 몸을 기댄다. 그를 그녀에게 당긴다. 그는 자신의 머리를 그녀의 무릎에 대고 그녀가 자신의 머리를 쓰다듬는 동안 바닥에 몸을 웅크린다. 그는 그녀의 다리를 곰 인형처럼 끌어안는다.

11:13 p.m.

　제이니는 그를 부드럽게 깨운다. 그녀의 손가락이 그의 머리카락에 부드럽게 감긴다. 그녀는 침실까지 그와 함께 걸어간다. 그의 침대에, 그의 옆에 잠시 몇 분 간 누워 있는다. 그의 안경을 침대 옆 테이블 위에 올려놓는다. 그를 안아 준다. 그의 뺨에 키스한다.

　그리고 집으로 간다.

곳곳에 꽃이 피다

2005년 12월 6일, 12:45 p.m.

그녀는 도서관의 그의 책상에 앉아 기다린다.

그가 그녀에게 다가온다.

"난 오늘 밤에는 일해야 해."

그녀가 속삭인다.

"그 후에는?"

"괜찮아. 그래도 늦을 텐데."

"앞문을 미리 열어 둘게."

그녀는 자신이 원래 앉던 자리로 돌아간다.

그리고 그는 오직 그녀만을 위한 새 꿈을 그린다.

6:48 p.m.

헤더 양로원의 접수대에 한 남자가 나타난다. 그는 주변을 둘러본다. 그녀는 그를 알아본다. 비록 그의 머리카락이 이제 회색으로 물들었지만. 더 나이 들고, 얼굴도 주름졌다.

"제가 안내할게요."

제이니가 말한다. 그녀는 그를 맥비커 씨의 방으로 안내한다.

문을 가볍게 두드리고 연다.

조니 맥비커 씨가 문으로 돌아선다.

그의 아들을 본다.

거의 20년 만에 처음이다.

노인은 의자에서 천천히 일어난다.

자신의 보행기를 움켜쥔다.

저녁 식사가 담긴 쟁반과 스푼이 바닥으로 떨어지며 챙강 소리를 낸다. 하지만 맥비커 씨는 눈치 채지 못한다. 그는 아들을 바라보고 있다.

너무 빠르게, 말한다.

"내가 틀렸다, 에드워드. 네가 옳았어. 내가 잘못했다. 너를 사랑한다, 아들아."

에드워드는 그대로 멈춰 선다.

모자를 벗는다. 머리를 천천히 긁적인다.

그의 손에 든 모자가 구겨진다.

제이니는 문을 닫고 접수대로 돌아온다.

210

11:08 p.m.

그녀는 자신의 차를 집에 주차해 두고 눈 위를 가로질러 그의 집으로 향한다. 집으로 들어가면서 그녀가 말한다.

"오늘 나 완전 거칠었어, 네가 요강을 다루는 내 모습을 봤어야 하는데."

그는 그녀를 기다리고 있다. 이제 그는 그녀를 끌어안는다. 안아 올린다. 그녀는 웃음을 터뜨린다.

"자고 갈래?"

그가 묻는다. 간청이다.

"만약 아침에 집에 가도 되면, 학교 가기 전에."

"뭐든지 네 뜻대로 해도 좋아."

제이니는 그녀의 숙제를 끝마치고, 자신의 백 팩에 그걸 쑤셔 넣고 케이벨이 어디 있는지 찾아본다. 그는 자고 있다. 그는 셔츠를 입지 않고 있다. 그녀는 그의 침대 안으로 기어들어가서, 그의 배와 가슴에 조용히 감탄한다. 그는 깊은 숨을 쉬고 있다. 그녀는 자리를 잡는다.

적어도, 지금은.

그도 그녀가 가야 한다는 것을 알고 있다.

그의 꿈에서 달아나야만 한다는 것을, 그래야 그녀가 잘 수 있다는 것을 안다.

하지만 그가 그 불붙는 꿈을 다시 꾸었을 때, 그리고 그녀와 헛간 뒤에서 만나, 키스하고 울부짖으며 도움을 청했을 때, 그녀는 자신의 눈 멀고 뻣뻣한 상태에서도 그의 손가락을 더듬어 자신의 손으로 꼭 붙들고, 그가 자신을 볼 수 있게 한다.

그녀는 그에게 꿈을 어떻게 바꿀 수 있는지 보여 준다.

'이건 네 꿈이야.'

그녀는 그에게 상기시킨다.

그리고 그녀는 그에게 계단 위의 남자, 석유와 담배를 가지고 있던 그 남자를 어떻게, 빈손으로 머리를 숙여 인사하는 남자로 바꿀 수 있는지 보여 준다.

그 남자는 "미안하다." 하고 말한다.

그 둘이 동시에 깨어났을 때, 태양이 창문에서 빛나고 있다.

오전 11시 21분이다. 수요일인데.

그들은 소리를 지르고, 크게, 길게 웃는다. 그들을 걱정할 어떤 한 명의 부모도 없기 때문이다.

대신에, 그들은 함께 컴퓨터 방의 커다란 빈백 소파에 느긋하게 앉아, 얘기하고 음악을 듣는다.

그들은 진실 게임을 한다.

하지만 언제나 모두 진실이 나오지는 않는다.

두 사람 모두.

제이니: 스트랫포드에 다녀온 다음, 돌아온 첫 일요일에 나 보고 먼저 만나고 싶다고 말하고는 나타나지 않은 이유는 뭐야?

케이벨: 그날 파티에 참석해야 한다는 걸 미리 알고 있었어, 다만 난 일찍 돌아올 계획이었지. 우리가 가짜로 단속을 할 거라는 건 모르고 있었어. 그저 날 진짜 약쟁이로 보이게 하기 위해서 난 그날 밤 내내 감옥에 가 있었다고. 엄청 충격이었지. 서장님이 다음 날 아침 6시에야 날 빼줬어. 그때 에델에 쪽지를 남겼던 거야.

제이니: 약을 팔아 본 적이 있어?

케이벨: 그래. 마리화나. 중3 때랑 고1 때. 난, 어…… 그때 좀 더 문제아였어.

제이니: 왜 그만뒀어?

케이벨: 체포됐거든. 서장님이 더 나은 제안을 하셨지.

제이니: 그럼 그때 이후로 마약 단속반 경찰로 일하는 거야?

케이벨: 네 용어가 좀 민망한데. 대부분의 마약 단속반 경찰들은 학생들을 잡기 위해서 학교에 심어둔 젊은 경찰들이야. 서장님은 좀 다른 생각을 갖고 계셔. 서장님은 학생들을 쫓지 않고, 공급책들을 쫓고 계시지. 그게 아마 쉐이의 아버지 아닌가 싶어. 그리고 서장님은 이 일이 올바르게 잘 돌아가고 있다고 생각하셔. 파티에서 쉐이의 아버지가 애들에게 코카인을 팔기 시작했기 때문에. 그리고 그는

넌지시 자기가 어딘가에 금광을 갖고 있다는 듯한 소리를 내비쳤거든. 난 도청장치를 차고 그가 그 얘길 하도록 유도해야 돼.

제이니: 그럼 넌 일종의 이중 스파이네?

케이벨: 좋은데. 그게 더 섹시하다.

제이니: 넌 섹시해. 저기, 케이벨?

케이벨: 응?

제이니: 너 정말 중3때 낙제했어?

케이벨: 아니. (잠시 멈췄다가) 그 해 대부분은 사실 병원에 있었어.

제이니: (침묵) 그리고 그래서, 약물을 시작한 거구나.

케이벨: 그래……. 약이 고통을 가라앉히는 데 도움이 됐거든. 하지만 그러고 나서, 난 그러니까, 그게, 나 자신을 어떤, 어, 그, 문제 상황에 밀어 넣은 꼴이 됐지. 그리고 서장님이 딱 상급생이 되기 직전, 내가 너무 심하게 문제를 일으키기 전 적절한 타이밍에 내 삶에 등장하신 거야. 이상하게 들릴 수 있다는 거 아는데, 하지만 서장님은 그 특유의 군인 같은 스타일로, 내가 절박하게 필요로 하던 허튼

수작 같은 건 안 통하는 일종의 어머니가 된 거지. 그땐 이 흉터들 때문에 결코 난 내 이상형의 여자 같은 건 만나지 못할 거라고 생각 했던 암흑기 같은 때였거든. 내 머리 스타일 얘긴 지금 하지 말자.

(잠시 멈췄다가)

하지만 그러고 나서 내 이상형의 여자가 문손잡이로 내 내장을 터지도록 강타했지. 그리고 여자가 남자한테 그런 짓을 한다는 건, 그 여자도 그 남자를 좋아한다는 뜻이거든.

제이니: (웃음을 터뜨린다.)

케이벨: 그 덕에 내 기분은 훨씬 좋아졌어. 왜냐하면 그 여자애는 나한테 말을 걸 때에 다른 사람들이 어떻게 생각하는지 신경 쓰는 애가 아니었거든. 내가 바뀌기 전부터 말이야.

(잠시 멈춘다.)

제이니: (미소를 지으며) 왜 바꾼 거야? 네 외모 말이야.

케이벨: 서장님의 지시였어. 일 때문에. 그나저나, 저 차도 내 거 아니야. 그냥 이미지의 일부일 뿐이야. 아마 좀 지나면 다시 차를 돌 려줘야 할 거라고 생각해.

(잠시 멈췄다가)

저기, 제이니?

제이니: 으응?

케이벨: 고등학교 졸업하고 나면 뭘 할 거야?

제이니: (한숨을 쉬며) 아직 정해둔 게 없어. 2년 동안, 난 간신히 한 학기나 갈 정도의 돈을 모았을 뿐이라…… 그러니까 미시건…… 아아, 그냥 다 미친 소리야…… 그러니까, 만약 장학금을 받지 못하면, 난 아마 지역 대학이나 가게 될 거야.

케이벨: 그럼 이 근처에 계속 살 예정이야?

제이니: 그래…… 난, 어, 난 우리 엄마를 계속 감시할 수 있을 정도로 가까운 곳에 살긴 해야 되거든, 너도 알지? 그리고…… 내 생각에 내 작은 "문제"를 고려해 볼 때, 난 집에 사는 편이 나을 거 같아. 아니면 난 결코 잠을 잘 수 없을 테니까.

케이벨: 제이니?

제이니: 응?

케이벨: 나도 거기 갈 거야. 미시건 대학교.

제이니: 설마. 말도 안 돼.

케이벨: 응용 범죄학 전공으로. 그래서 내가 이 일을 계속 할 수 있는 거야.

제이니: 어떻게 알아? 입학 편지 벌써 받았어? 어떻게 거기 갈 형편이 된다는 거야?

케이벨: 음, 제이니?

제이니: 왜애애애, 케이벨?

케이벨: 또 다른 거짓말을 하나만 더 고백할게.

제이니: 아, 맙소사. 이번엔 또 뭐야?

케이벨: 사실, 난 내 GPA 점수를 알고 있어.

제이니: 그리고?

케이벨: 그리고…… 난 전액 장학금 대상자야.

케이벨은 빈백에서 폭력적으로 떠밀린다. 그리고 여러 번 두들겨 맞는다. 그리고 반복적으로 그가 얼마나 나쁜 개자식인지 듣는다.

케이벨은 제이니에게 그녀 정도의 성적이면 아마 거의 장학금을

받게 될 거라고 얘기한다. 물론, 마약상이랑 노느라 수업을 빼먹지
만 않는다면.

그리고 나서 키스 비슷한 일이 이어진다.

2005년 12월 10일

주말은 엉망이다. 케이벨은 쉐이의 환심을 사는 일로 돌아가고,
제이니는 금요일 밤, 토요일, 그리고 일요일 첫 근무까지 양로원에
서 일한다.

하지만 캐리가 제이니를 찾아온다. 그리고 제이니는 마약 단속이
주말을 지나 이뤄질 예정이라, 캐리가 그 일과 얽히질 않길 바라는
마음에 걱정이 된다. 제이니는 캐리에게 언젠가 시험을 대비해 공부
나 같이 하자고 말한다. 그들은 마지못해서 토요일 밤에 제이니의
집에서 만나기로 한다.

캐리는 6시 전후에 나타나는데, 짐이 한 짐이다. 제이니는 캐리의
짐에서 책과 노트들을 쏟아낸다. 제이니는 날카롭게 묻는다.

"캐리, 대학에 갈 거야, 말 거야?"

"뭐, 가겠지, 아마도. 만약 스투 오빠가 결혼하자고 하지 않으면
말이야."

"오빠가 청혼했어?"

"그럴 것 같아. 아마도. 언젠가는."

제이니는 잠시 후에 묻는다.

"네 생각은?"

"물론이지, 왜 안 하겠어. 오빠가 우리 부모님으로부터 날 데려가 줄 텐데."

"캐리, 너희 부모님은 그렇게까지 나쁜 분들은 아니잖아, 솔직히. 안 그래?"

캐리가 얼굴을 찡그린다.

"넌 그분들 그전 모습을 못 봐서 그래."

"그전?"

"우리가 너희 옆집으로 이사 오기 전."

제이니는 망설인다. 지금이 이 질문을 하기에 좋은 때인지 결정하려고 재 본다.

"저, 캐리?"

"뭔데."

"칼슨이 누구야?"

캐리가 제이니를 뚫어져라 본다.

"너 지금 뭐라고 했어?"

"칼슨이 누구냐고 했어."

캐리의 얼굴이 불안해진다.

"네가 어떻게 칼슨을 알아?"

"나도 몰라. 그렇지 않았다면, 물을 필요도 없었겠지."

제이니는 이제 얼음판 위를 걷고 있다. 길이 보이지 않는다.

완전히 불안한 얼굴이 된 캐리가 부엌 주변을 맴돈다.

"하지만 어떻게 개에 대해서 나한테 물어볼 수가 있는 건데?"

제이니는 조심스럽게 말한다.

"네가 전에 한 번 그 이름을 말한 적이 있어. 자던 중에. 난 그냥 궁금했어."

캐리는 유리잔에 보드카를 약간 철벅거리며 따른다. 앉는다. 울음을 터뜨린다.

'아, 망했네.'

제이니가 생각하는 순간, 캐리가 이야기를 터뜨린다.

"칼슨은…… 4살이었어."

제이니의 장이 뒤틀린다.

"걔는 물에 빠져 죽었어. 우리는 호수 옆에서 캠핑 중이었는데…… 그건…….”

캐리의 소리가 잦아들더니 그녀가 음료를 한 입 삼킨다.

"그 애는 내 남동생이야. 난 10살이었어. 난 우리가 텐트를 친 곳 옆에서 엄마 아빠를 돕고 있었어."

제이니는 불타는 듯한 눈을 감는다.

"아, 제길, 캐리."

"그 애는 호수까지 산책을 간 거야. 우린 몰랐어. 그리고 그 애가 둑에서 떨어졌어. 우리는…… 우리는 그 앨 구하려고…….”

캐리는 손으로 얼굴을 덮는다. 길고, 떨리는 호흡이 이어진다.

"우린 1년 뒤에 이리로 이사 왔어. 새롭게 시작하려고. 우린 칼슨에 대한 얘기는 안 해."

캐리의 목소리는 이제 조용하다.

제이니는 캐리에게 팔을 둘러 그녀를 안아 준다. 뭐라 해야 할지 모르겠다.

"정말로 유감이야."

캐리는 고개를 끄덕이고, 갈라지는 목소리로 속삭인다.

"내가 그 앨 좀 더 잘 살펴봤어야 했어."

"아, 캐리."

제이니가 속삭인다. 그녀는 캐리가 부드럽게 떨어지기 전까지 캐리를 좀 더 가까이 잠시 안고 있는다.

"괜찮아."

캐리가 코를 훌쩍인다.

제이니는 완전히 무기력한 기분으로, 화장실에서 두루마리 휴지를 갖고 나온다.

"화장 티슈가 없어서…… 캐리? 왜 그동안은 아무 얘기도 안 해 준 거야?"

캐리는 손을 비튼다. 코를 푼다. 훌쩍거린다.

"나도 몰라, 제이너스. 그냥 언젠가는 없던 일처럼 될 거라고 생각했어. 난 슬퍼하는 일에…… 애도하는 일에 지쳤어. 더 이상 침묵도, 동정하는 얼굴도 견딜 수가 없었어."

"스투 오빠도 알아?"

캐리는 머리를 흔든다.

"아마도 언젠가 말해야 되겠지."

그들은 한참 동안 조용하게 앉아 있다.

잠시 후에 제이니가 중얼거린다.

"내 생각에는 나쁜 일들은 결코 사라지지 않는 거 같아. 그리고 그건 그냥 누구의 잘못도 아니야."

캐리는 떨리는 숨을 들이마시고는 다시 천천히 내뱉는다.

"아, 글쎄. 한번 두고 보지 뭐, 응?"

그녀는 눈물 사이로 미소를 짓는다.

"고마워, 제이너스. 넌 정말 좋은 친구야."

캐리는 잠깐 멈췄다가 부드러운 목소리로 덧붙인다.

"그냥 평소처럼 하자, 이제, 알았지? 한 번이라도 더 슬픈 얼굴 했다가는 난 그냥 여기서 나가 버릴 거야, 맹세코."

제이니는 미소 짓는다.

"알았어. 짜식."

2005년 12월 11일, 2:41 a.m.

캐리가 꿈을 꿀 때, 제이니는 이번에는 자신이 무엇을 해야 되는지 안다.

숲, 강, 소년, 물에 빠지고, 미소.

제이니를 보는 캐리. 상어가 오기까지 고작 몇 분이 남았을 뿐.

캐리가, 소리를 지른다.

"쟬 도와줘! 쟬 구해줘!"

제이니는 집중하고, 캐리의 눈을 들여다본다.

"내게 도움을 청해, 캐리. 도움을 청해."

칼슨은 떠올랐다, 가라앉았다 한다. 그 애의 얼굴에 공포의 미소가 서린다.

"칼슨을 도와줘!"

캐리가 다시 한 번 제이니에게 외친다.

제이니는 할 수 있는 한 모든 힘을 그러모아 생각한다.

'캐리! 난 칼슨을 도와줄 수 없어. 내게…… 널 도와 달라고 말해 줘.'

아침이 오자, 캐리는 아침을 먹으며 말한다.

"나 진짜 이상하기 짝이 없는 꿈을 꿨어. 칼슨에 대해 생각할 때면 꾸는 악몽 중에 하나인데, 하지만 이번에는, 꿈이 뭔가 조금 이상한 다른…… 걸로 바뀌었어. 아주 이상해."

"그랬어? 잘됐네. 아마 여기가 풍수적으로 더 좋거나 한가 보다."

"정말로?"

"나도 몰라. 네 방의 물건 배치를 바꿔 본 다음에, 밤이 오면 너 자신에게 나는 이제 이 새로운 조화로운 환경 속에서는 앞으로는 악몽들을 바꿀 수 있다고 말해 봐."

캐리가 의심스러운 얼굴을 한다.

"나 지금 놀리는 거지?"

"전혀 아닌데."

2005년 12월 12일, 5:16 p.m

제이니는 헤더 양로원에서의 긴 오후가 끝나고 집으로 돌아온다. 다가오는 연말연시에 맞춰서, 도우미들은 근무 동안 할 수 있는 한 양로원에 장식들을 할 예정이다. 그리고 제이니는 세 명의 노인들이 자신들의 꿈에서 평화를 찾을 수 있게 도왔다. 괜찮은 하루였다.

일시적 변덕으로, 그녀는 케이벨의 집을 지나는 길로 차를 몬다. 놀랍게도 그의 차가 주차로에 서 있는 것이 보인다. 제이니는 속도를 늦추고 차를 길에 댄다. 에델의 시동은 끄지 않는다.

그녀는 앞문으로 달려가 힘차게 문을 두드린다.

문이 열리고, 케이벨이 제이니를 본다.

"어, 제이니, 어쩐 일이야?"

그가 눈짓으로 신호를 보내는 동시에 쉐이가 그의 뒤에서 나타나서 어깨 너머로 내다본다. 그녀는 과시하듯이 자신의 팔을 그의 허리에 감는다.

"어머, 제이니."

쉐이의 눈이 승리감으로 번뜩인다.

제이니는 머리를 재빨리 돌리며 미소 짓는다.

"아, 안녕, 쉐이. 방해해서 미안. 케이벨, 내가 내일 시험에 대비해서 빌리기로 했던 수학 노트 말이야, 그거 지금 좀 빌려줄 수 있는지 궁금해서."

케이벨의 눈이 감사의 뜻으로 빛난다.

"그래. 바로 가지고 올게. 들어올래?"

"아니. 눈 때문에 신이 다 젖었어."

케이벨은 둘둘 말아 고무줄로 묶은 종이 한 뭉치를 손에 들고 다시 나타난다.

"우린 이제 파티 하러 나가 봐야 해. 그런데 나도 이게 오늘 밤에 필요할 것 같거든. 시험이 있는 아침까지는 말이야. 내가 이걸 다시 받으려면 얼마나 늦게 들러야 할까?"

쉐이는 그의 어깨 너머로 불쑥 불쑥 고개를 들이 밀면서 자기도 상황을 엿보고 동시에 자기의 모습을 보이려고 애쓴다. 제이니는 케이벨이 천천히 몸을 똑바로 세워서 서는 바람에, 쉐이가 그를 지나 자신을 보려면 점프를 해야 한다는 사실을 깨닫는다. 제이니는 웃음을 억지로 감춘다.

"아마 늦게나 돌려줄 수 있을 거야, 하지만 자러 가기 전에 노트를 우편함에 넣어 둘게. 고마워, 케이벨. 파티에서 재미나게 보내, 너희 둘 다! 나 저어어엉말 질투난다."

제이니는 에델로 걸어와 집으로 향하는데, 방금 목격한 장면 때문에 살짝 우울함이 밀려온다. 그녀는 노트를 들고 집으로 들어와 옷을 갈아입고, 책을 꺼낸다.

그녀는 케이벨이 건네 준 종이들을 펴 본다. 그가 그녀에게 어떤 중요한 걸 준 건 아니기를 바란다. 그녀는 정말로 그의 물건을 얻으려고 했던 건 아니기 때문이다. 종이더미의 가운데에, 갈겨 쓴 쪽지가 있다.

네가 미치도록 그립다.
사랑해, 케이브.

그녀는 그를 그리워하며 미소 짓는다. 이 모든 사건들이 얼른 끝나기를 바란다. 그녀는 그가 얼마나 이 일을 그만두고 싶어 했는지에 대해 생각한다. 지난 몇 달 간의 정탐 결과를 다 부숴서라도, 그저 그녀와 함께 있고 싶어 했다는 사실을.

서장의 말이 옳다. 그는 좋은 남자다.

제이니는 자정 지나서까지 공부를 한다. 케이브가 올지도 모른다는 조금의 기대도 있다. 1시가 조금 지나자, 그녀는 자신의 책 위로 고개를 끄덕거리고 있다. 그녀는 이만 마무리하기로 결심하고 우편함에 집어넣기 위해 케이브의 노트를 그러모은다. 만약 그가 가지러 올 경우를 대비해서. 만약 쉐이가 그와 함께 있어서, 그가 그런 척할 경우를 대비해서.

그녀는 쪽지를 써서 종이 뭉치 사이로 집어넣고, 그것들을 말아서 우편함 밖에 매달아 둔다.

그녀는 잠들 수 있다는 사실이 행복하지만, 알람이 제대로 설정되어 있는지 두 번이나 확인한다. 첫 시험이 내일 오전 10시 30분이다.

그리고 그녀는 완벽하게 해내야만 한다.

그래서 장학금을 타야 한다.

왜냐하면 장학금 없이는, 미시건 대학교는 그저 잡을 수 없는 꿈일 뿐이다.

2005년 12월 13일, 2:45 a.m.

전화가 울려서 제이니는 펄쩍 뛴다. 그녀는 한동안 그게 알람이라고 생각하지만, 네 번째 벨소리가 울릴 때쯤 전화로 급히 달려간다.

케이벨이 건 전화이기를 바라면서.

그가 저 밖에 서서, 그녀를 보길 원하는 것이길 바라면서.

"여보세요."

제이니는 껵꺽거리고는, 목소리에서 졸음기를 지운다.

훌쩍이는 소리가 들린다.

"제이니이이이이이이."

울먹이는 목소리다.

"누구세요?"

"제이니이이, 나야."

"캐리? 무슨 일이야? 어디야?"

"아, 젠장, 제이니, 내가 다 망쳤어."

캐리가 구슬프게 말한다.

"어디야? 혹시 태우러 가야 해? 캐리, 같이 해결하자, 친구야. 너 취했니?"

"엄마 아빠가 아시면 날 죽이려 들 거야."

제이니는 한숨을 쉰다.

기다린다.

다시 훌쩍이는 소리가 들린다.

"캐리. 어디냐고."

"나 감옥이야."

227

마침내 대답하더니 울음이 터져 나온다.

"뭐? 여기 필드리지에서? 도대체 무슨 짓을 한 거야?"

"지금 와서 나 꺼내줄 수 있어?"

제이니는 한숨을 쉰다.

"얼마나 필요한데, 캐리?"

"500. 내가 꼭 갚을게. 동전 한 닢까지. 이자까지 더해서. 약속해, 정말로."

그녀가 잠깐 말을 멈춘다.

"아, 저기, 제이니?"

"으으응?"

"스투 오빠도 여기 있어."

제이니는 전화를 통해서도 캐리가 움찔하는 게 느껴진다.

제이니는 눈을 감고 머리를 손가락으로 빗어 내린다. 그녀는 다시 한숨을 쉰다.

"30분 내로 갈게. 그만 울어."

캐리는 감사의 말을 쏟아내고, 제이니는 전화를 끊기 위해 말을 자른다.

제이니는 옷을 마구 껴입으며 대학 자금에 넣기 위해서 대기 중이던 돈뭉치를 찾아본다. 딱 20달러가 모자란다.

"제길."

그녀는 불평하며 방에서 나가 어머니에게 달려간다.

"전화 소리였니?"

그녀의 어머니는 게슴츠레한 눈이다.

"네……."

제이니는 망설인다.

"전 캐리를 빼내러 가야 해요. 감옥에 있대요. 어쨌든…… 어쨌든 혹시 20달러 여유가 있으세요, 엄마? 제가 내일 다시 드릴게요."

제이니의 어머니가 그녀를 본다.

"물론이지."

어머니가 말한다. 그녀는 방으로 들어가더니 20달러를 가지고 나온다.

"도로 갚지 않아도 된다, 아가."

만약 제이니가 이 작은 변화에 대해 생각해 볼 시간이 조금만 더 있었어도, 그녀는 아마 다른 사람의 꿈에 들어가는 것보다 더 이상한 일이 하나둘쯤은 있다고 생각했을 것이다.

3:28 a.m.

제이니는 경찰서 앞문으로 통하는 계단을 올라 문을 열고 들어선다. 눈이 무섭게 몰아치고 있다. 그녀가 둘러보는데, 경찰관 한 명이 그녀에게 보안 구역으로 들어와서 금속 탐지기를 지나라고 손짓한다. 그녀는 그를 알아본다. 라비노위츠다. 그는 그녀가 누구인지 전혀 모를 거라는 생각에 제이니는 미소를 짓는다.

"저 문으로 가세요. 현금이나 신용 카드만 가능합니다. 수표는 안 됩니다."

그가 10억 번도 더 말했던 것처럼 얘기한다.

제이니는 그 말을 문을 열고 들어가기 전에 듣는다. 그녀 앞에 졸리고 화난 학부형들이 짧은 줄에 서 있다. 그들 중 일부는 캐리가 전화 통화에서 그랬던 것보다 애처로운 상태다. 그녀는 구석 쪽을 보다가 구치소의 철창을 본다.

그녀는 이게 모든 일의 끝인지 궁금하다. 마약 단속. 다음 순간 그녀는 경찰 한 명과 아버지의 호위를 받고 있는 멜린다를 본다. 그녀의 얼굴은 마스카라와 눈물로 얼룩져 있어, 끔찍해 보인다. 멜린다의 아버지는 멜린다의 팔을 화난 듯 세게 잡고 밖으로 성큼성큼 걸어 나간다. 제이니는 멜린다가 지나가는 동안 바닥을 본다. 그녀는 미안한 감정이 든다.

다음 세 학생도 그녀가 잘 아는 학생들이고, 그녀는 그들의 수치심을 느낄 수 있다. 마침내 제이니는 책상 앞에 선 마지막 사람이 된다. 제이니는 현금 1000달러를 카운터에 내려놓는다.

"여기 누구 때문에 온 거죠?"

경비가 묻는다.

"캐리 브랜트와 스투, 어……."

제이니는 그의 성을 기억해 내려 머릿속을 더듬는다.

"……가드너요."

"신분증을 보여 주세요."

제이니는 운전면허증을 꺼내서 경비에게 내밀고, 경비는 신분증을 가까이 들여다본다.

그는 처음으로 그녀를 올려다본다.

"아직 18살이 안 되었구나."

제이니의 위장이 고동친다.

"네, 한 달 정도 모자라요."

"미안하다, 얘. 18살이 되어야 해."

"하지만……."

'빌어먹을.'

경비는 그녀를 무시한다. 그녀는 거기 서 있다. 자신이 아는 모든 것들, 하지만 드러낼 수는 없는 것들에 대해 생각하면서. 그녀는 한숨을 내쉬고 의자에 앉아 생각에 잠긴다. 그녀는 머리를 손 위에 얹는다.

'라비노위츠에게 접근해서 그가 나 대신 이 일을 해 줄 수 있는지 물어 보기라도 할까? 하지만, 안 돼…….'

서장은 누구에게, 어떤 말도 해선 안 된다고 하지 않았던가. 경찰이라고 해서 제외하고 얘기한 게 아니었다.

"저기 잠깐 들어가서 적어도 제가 시도라도 했다고 알릴 수는 있을까요?"

제이니가 애원한다.

경비가 올려다본다.

"너 아직 여기 있었니? 좋아, 괜찮아. 2분 줄게."

제이니는 감사의 미소를 짓고 구치소로 들어간다.

그리고 거기 그들이 있다. 벤치 위에 앉거나 누워서.

캐리와 스투. 옹송그린 채 모여 있다.

쉐이 와일더와 그녀의 오빠. 완전히 짜증난 얼굴로, 술과 약에 취해서, 쓰레기 같은 몰골을 하고 있다.

와일더 씨. 어느 누구보다 망가진 모습이다.

그리고 케이브. 거기 내내 살았던 것처럼 편안하게 벤치에 앉아 있다. 그리고 제이니에게는 기쁘게도, 쉐이는 케이벨에게서 할 수 있는 한 멀리 떨어져 앉아 있다.

그녀는 입술을 깨문다.

캐리가 철창으로 달려온다.

제이니는 캐리를 본다.

"캐리, 저 사람들이 나는 안 된대. 난 다음 달까지는 만18살이 아니라서. 그래도 어떻게든 해 보려고 노력하는 중이야, 알겠지? 약속할게. 어떻게든 방법을 찾아볼게. 필요하면 우리 엄마를 여기 끌고 와서라도."

캐리가 다시 시끄러운 울음을 터뜨리며 징징거린다.

"아, 여기 이렇게 잡혀 있는 거 너무 끔찍해."

전화벨이 울린 뒤 1분 만에 동정심이 바닥나 버린 제이니는 캐리를 그저 흘끗 바라본다.

"에이, 캐리. 이제 그만 그쳐. 안 그러면 널 여기 엮인 채로 두고 가 버릴 거야."

"안 돼!"

쉐이, 쉐이의 오빠, 그리고 스투의 술취한 목소리가 울린다. 스투와 캐리는 싸우기 시작한다.

제이니는 그녀를 보고 있는 케이벨을 슬쩍 훔쳐본다. 지금까지 중

가장 음흉한 미소가 케이벨의 얼굴에 떠올라 있다. 그가 윙크를 하고는 와일더 씨의 방향으로 거의 알아차릴 수 없을 정도로 가볍게 고개를 끄덕인다.

제이니는 본다.

그가 기대어 있다.

미끄러진다.

잠으로.

그녀는 아드레날린이 분출하는 것을 느낀다.

"난, 어, 난 이만 의자들이 있는 데로 돌아가 봐야 해, 캐리, 하지만 널 할 수 있는 한 빨리 여기서 빼줄게, 알겠지?"

제이니는 케이브에게 또 한 번 시선을 던질 틈조차 없다.

제이니는 접수대 남자의 시야 밖, 구치소에서 가장 가까운 의자에 앉는다. 그녀는 고작 벤치에 앉은 케이벨의 발만 간신히 볼 수 있다. 그의 다리는 발목 부분에서 겹쳐져 있다. 그녀는 2년 전쯤, 너무 짧은 청바지를 입고 홀로 서 있던 더러운 그의 모습이 기억난다.

그녀는 캐리와 스투가 다투는 소리, 쉐이와 그녀의 오빠가 서로 언성을 높이면서, 자신들을 꺼내 달라고 아니면 닥치라고 외치는 소리를 들을 수 있다.

다음 순간 그녀는 시야가 사라지고 빙글빙글 도는 느낌에 의자를 꽉 쥐며 아무도 지나가지 않기를 빈다. 그녀는 케이벨이 캐리의 관심을 흐리기 위해 일어선 것을 볼 수 없다. 케이벨이 구치소 창살 쪽으로 다가와서, 그녀와 눈을 마주치려고 하는 것도. 그녀에게 뭔가를 말하려고 하는 것도.

그녀는 오직 와일더 씨의 희망과 공포만을 볼 뿐이다. 아니면 기억일까?

꿈은 격렬해지며 악몽에 가까워진다. 제이니는 그 안을 갑자기 들여다본다.

두들겨 맞는 듯한 폭발이 있다.

그녀는 모든 것을 보려고 애를 쓴다. 모든 것을. 범죄자의 눈과 마음으로.

그녀는 두 시간의 꿈 동안 내내 케이벨이 손에 얼굴을 묻고 있는 것을 보지 못한다. 그녀는 그가 그녀의 몸이 의자에서 미끄러져서 무거운 무게로 떨어지는 것을 공포에 질린 눈으로 바라보고 있다는 것도 보지 못한다. 그녀가 얼굴을 커피 카트 모서리에 심하게 박는 동안에.

6:01 a.m.

머리가 쿵쾅거린다.

축축하다. 차갑다.

그녀의 얼굴이 차가운 타일 바닥 위의 피 웅덩이로 미끄러진다.

그녀는 눈을 뜨려고 생각하지만, 시야가 돌아오기까지 너무 오래 걸린다.

몸을 움직일 수가 없다.

저기 멀리서, 케이벨이 그녀의 이름을, 경비를 외쳐 부르는 것이 들린다.

캐리가 비명을 지르고 있다.

제이니에게는, 그저 모든 것이 밤처럼 어둡다.

6:08 a.m.

제이니는 들것으로 옮겨진다. 그녀는 집중한다. 일어나려고 애를 쓴다. 머리가 계속 쿵쾅거린다.

사람들이 그녀를 경찰서 복도를 따라 밀고 간다.

"멈춰요."

그녀가 꺽꺽거리며 말한다.

목청을 분명히 하고, 같은 말을 다시 한다.

"멈춰요."

두 구급대원이 그녀를 내려다본다. 그녀는 눈을 뜬다. 간신히 한 쪽만 뜰 수 있다. 하지만 그림자들을 구별할 수는 있을 정도다.

그녀는 일어나려고 애쓰며 말한다.

"전 괜찮아요. 전 가끔 기절을 하고는 해요. 저 정말 괜찮아요. 보이시죠?"

그녀는 구급대원들에게 자신이 얼마나 괜찮은지 보여 주려고 양손을 내밀어 보인다.

그 순간 피가 보인다.

그녀의 눈이 커다래진다. 다음 순간 그녀의 시야가 제대로 전부

235

돌아온다.

그녀는 얼굴을 더듬어 본다. 피가 그녀의 눈썹에서 속눈썹으로 뚝뚝 떨어지며 흐르고 있다.

"아, 젠장. 저기요, 혹시 그냥 스테리스트립(피부 봉합용 테이프―옮긴이) 같은 것 좀 안 갖고 계세요? 정말로 그거면 돼요."

구급대원들이 서로를 마주 본 뒤, 다시 그녀를 쳐다본다.

그녀는 다른 전략을 시도한다.

"저기, 아저씨들, 저는 의료 보험이 없어요. 전 이걸 낼 돈이 없다고요. 제발요."

구급대원 중 한 명이 망설인다.

"저기, 제이니지, 맞지? 얘야, 넌 바닥에서 완전히 발작을 일으키고 있었단다. 온몸이 딱딱하게 굳었어. 의식도 없었고. 넌 네 머리를 녹슨 철제 커피 카트의 모서리에 들이받았어."

제이니는 그들을 구슬린다.

"저 최근에 파상풍 예방 접종도 맞았어요. 저기요, 전 수학 시험을 치러야 해요, 얼마 안 남았어요…… 거기에 제 대학과 미래가 달려 있고요. 제발요, 저는 지금 이 치료를 거부하고 있는 거라고요. 이제 여기서 절 내려 주세요."

천천히, 구급대원들이 움직여서 그녀가 내릴 수 있도록 도와준다. 그녀는 무겁고 감각이 거의 없는 다리를 움직여서 들것 옆으로 내린다. 그때 막 코미스키 서장이 보안 검색대를 통과해 들어온다. 그녀가 밝게 묻는다.

"이런 젠장, 도대체 여기서 뭔 일이 일어나고 있는 건가? 아니, 이

거, 해너건 양 아니야, 안녕? 들어오는 중이었니, 나가는 중이었니?"

제이니는 들것 위에서 주변을 둘러보고는 피가 나는 곳이 어디인지 알아내려 애쓰며 거즈 덩이를 움켜쥔다.

"전 지금 당장이라도 이걸 떼어내려고 노력하는 중이었어요."

제이니가 투덜거린다.

그녀는 깊은 숨을 쉰다.

모서리로 뛰어내린다.

올림픽이었다면 박수를 받았을 법한 훌륭한 자세로 정확하게 착지하는 데에 성공한다.

제이니를 지켜보고 있는 서장의 얼굴에 재미있어 하는 표정이 떠오른다. 그녀가 제이니에게 팔을 내민다.

"여기, 잡으렴, 얘야. 오늘 밤 엄청 바쁜 모양이구나."

그녀는 서장은 손을 터는 제스처로 구급대원들을 쫓아 보낸다. 그들은 번개처럼 사라진다.

제이니는 감사의 미소를 짓고 눈에 거즈를 댄다. 그녀의 추리닝 상의는 피로 얼룩덜룩하다. 신발은 시멘트로 만든 것처럼 무겁고 머리는 풍선처럼 느껴진다.

구급대원들이 가고 나자 서장이 설명한다.

"난 들어가던 길이었단다, 특종을 잡으려고. 우리가 내 사무실에서 잠깐 얘기를 나눌 수 있을까?"

"전…… 물론이죠. 음, 지금 몇 시죠?"

제이니는 집을 떠날 때에 손목시계를 차고 나오는 걸 깜빡했다.

"6시 15분이야, 뭐 그 정도 됐어. 스트럼헬러 군이 이제까지 정도

237

면 충분히 겪었을 거라 싶더라고, 네 생각은 어떠니?"

제이니는 집중하려 하지만 쉽지가 않다. 뭔가를 먹을 필요가 있다는 데 생각이 미친다. 그녀는 떨리는 웃음을 흘린다.

"그 문제라면 서장님 뜻에 달렸겠죠."

그녀는 중얼거린다. 다음 순간 문득 생각이 난다.

캐리와 스투.

제이니는 초조하게 입을 연다.

"서장님, 사실 전 몇 시간 전에 제 친구랑 걔 남자 친구를 빼 주려고 왔어요. 보석금도 가져 왔는데, 제가 다음 달에야 만으로 18살이되어서요. 혹시 서장님께서 가능하시다면……."

"물론이지."

제이니는 안심의 한숨을 내쉰다.

"감사합니다."

"들어가기 전에 혹시 해서 말하지만, 너와 난 모르는 사이라는 거 잊지 말자꾸나. 오케이?"

"네, 서장님."

"착한 애네. 자, 이제 가서 네 친구들을 구해 볼까."

6:30 a.m.

캐리는 구치소의 감방이 독가스라도 차 있었던 것처럼 밖으로 튕겨 나온다. 스투가 뒤따른다. 캐리는 제이니가 피 범벅인 모습을 보고 반쯤 혼이 나가지만, 스투와 캐리 둘 다 캐리가 떠는 호들갑은 무시한다.

"너랑 오빠는 걸어서 돌아가야 될 것 같아. 미안해. 바보 같지만 난 사건 경위서인지 뭔지 하는 서류 작업을 해야만 한대."

제이니는 딱 잘라 말하며 자신의 눈을 가리키고, 세상에서 제일 하기 싫은 일이라는 듯한 표정을 짓는다. 그녀는 머리를 흔들고는, 열 받은 척한다.

"멍청한 경찰들."

스투가 제이니의 어깨를 꽉 잡는다. 그는 고마운 얼굴이다.

"고마워 제이니. 넌 정말 좋은 친구야. 우리 두 사람 모두에게."

제이니는 미소를 짓고, 캐리는 무안한 얼굴을 해 보인다.

"고마워, 제이너스."

"네가 나한테 전화해 줘서 기뻤어, 캐리."

제이니가 답한다.

'자, 이제 얼른 가라, 가.'

6:34 a.m.

제이니는 화장실로 향한다. 빠르게 부어오르고 있는 눈썹에는 피로 범벅인 거즈를 대고 있다. 그녀는 거울을 확인한다. 상처는 그 자체로만 보면 예쁘다고까지 할 만하다. 상처는 그녀의 눈썹 바로 아래에, 아치형의 시작 부분에서 눈썹이 가늘어지는 부분까지 정확하게 쭉 뻗어 있다. 나중에 언젠가, 그녀는 상처를 꿰맸어야 했다고 생각하게 될지도 모른다. 하지만 흉터가 남으면, 그건 또 나름대로 섹시한 맛이 있을 것 같다.

　그녀는 이삼 센티미터 길이의 상처에서 흐른 것치고는 우스꽝스
러울 정도의 양인 핏자국을 숨기기 위해서 추리닝 셔츠를 뒤집어 입
고, 얼굴과 손을 씻는다. 갈색 종이 타월을 한 움큼 뽑아서 상처 부
분의 물기를 닦고, 상처를 지압한다. 그러고 나서 그녀는 수도꼭지
에서 물을 받아 후루룩 마신다.

6:47 a.m.

　화장실을 나서는데, 케이벨이 밖에서 기다리고 있다가 제이니를
휴대품 보관소 쪽으로 밀어 넣는다. 그는 완전히 지친 얼굴이다. 그
리고 그녀를 봐서 몹시 안심한 표정이다.

　"상처 보여 줘봐."

　그가 말한다.

　그녀는 종이 타월을 치우고 그녀의 상흔을 보여 준다.

　"다분히 인상적이네."

　그가 농담처럼 말하더니, 다음 순간 진지해진다. 그의 깊은 갈색
눈동자가 그의 걱정을 배신한다.

　"네가 막 쓰러지는 순간을 봤을 때, 난……."

　그가 말을 멈추더니 한숨을 쉰다.

　"난 계속 지켜보고 있었어. 그 2시간 동안, 의심스럽게 보이는 순
간을 빼고 할 수 있는 때 내내. 너한테 바로 뛰어 갈 수 없으니까 정
말 미칠 거 같더라."

제이니는 이제야 몸이 떨리기 시작하고 머리가 좀 가벼워진다. 그녀는 그저 그에게 몸을 기댄다.

케이벨은 그녀의 등을 세게 안고, 자신의 뺨을 그녀의 머리 위에 기댄다.

"너 진심으로 보스랑 얘기해 보고 싶은 거야?"

케이벨의 질문에 제이니는 그의 가슴에 머리를 댄 채 고개를 끄덕인다.

"여기서 나가자마자 바로 네가 먹을 만한 걸 찾아볼게, 알겠지?"

그녀는 미소를 짓는다.

"고마워, 케이브."

"뒷문에서 만나자, 응? 어떤 문인지 기억하지? 우리 둘이 찢어지는 게 나을 것 같아."

"그래, 맞아, 좋은 생각이야."

그녀가 웅얼거린다. 케이벨은 무심하게 계단으로 걸어가 아래로 사라진다. 제이니는 앞문으로 향해서, 눈보라를 뚫고 반 블록 정도를 걸어가서는 가게들과 빌딩들 뒤로 돌아간다. 그녀가 아무 표시 없는 그 문에 도착했을 때쯤, 옷은 완전히 추위에 얼어 있다. 그녀는 가볍게 노크를 한다. 문이 열리고, 그녀는 케이벨을 따라 계단을 내려간다.

온통 시끄러운 가운데, 밤샘 업무에 수고했다는 뜻으로 여기저기서 케이벨의 등짝을 몇 대 치고, 머리를 툭툭 때려 댄다.

"아직 완전히 일이 끝난 건 아니잖아요."

케이벨이 겸손하게 대꾸한다.

그는 서장의 문을 노크하고, 그녀가 들어오라고 외친다. 케이벨과 제이니는 함께 안으로 들어간다.

"너희 둘 오늘 시험이 있지 않니, 아니야? 지금 이 얘길 할 만한 시간이 있는 거 맞아?"

"시험은 10시 30분입니다, 서장님. 시간이라면 충분히 있습니다."

서장은 제이니를 면밀하게 훑어본다.

"나 참, 하느님, 부처님, 예수님, 이거야 원. 제이니, 너 오늘 하루 가 끝날 때쯤에는 완전히 눈탱이가 밤탱이가 될 것 같구나. 너 정신을 잃었던 거니?"

"전…… 어…… 사실 잘 기억이 안 나요."

그녀는 어깨를 으쓱한다.

"네, 제 생각에는 제이니가 의식을 잃었던 것 같습니다. 전 애를 하루 종일 쳐다보고 있어야 할 것 같습니다. 그리고 아마도 오늘 밤 도 내내요."

케이벨이 끼어들더니 아주, 아주 심각하게 말한다.

서장은 고무지우개를 그에게 던지고는 나가서 커피나 가져오라 고 한다.

"그리고 커피 갖고 올 때 이 불쌍한 아가씨 먹을 배급품도 좀 들 고 와, 얘가 반으로 쪼개지기 전에."

그녀는 책상 서랍을 열더니 서랍을 마구 뒤진다. 응급 의료함을 꺼내더니 항공기에서 나눠 주는 땅콩 봉지와 함께 던지듯 책상 위에 내려놓는다.

"여기 아무데나 좀 앉아 봐, 얼른?"

서장의 말에 제이니는 책상 옆에 있는 의자에 서둘러 자리를 잡는다.

"아이고."

서장은 다시 한 번 투덜거리고는, 상처 위로 항생제 연고를 아낌없이 발라 준다. 스테리스트립 봉투를 찢더니 깨끗하고 빠르게 상처에 대고 붙인다.

"좀 낫구나. 너희 어머니나 혹은 아버지, 아니면 두 분이 다 도대체 너에게 무슨 일이 생겼던 거냐고 물으시거든, 나한테 전화 한 통만 하시라고 전해 드려라. 그분들이 혹시 날 고소할 것 같다 싶거든 나에게 미리 경고해 준다면 고맙겠구나."

그녀는 땅콩 봉투를 책상 위로 제이니에게 건넨다.

"먹어."

"네, 서장님. 누구도 특별히 서장님께 전화를 하진 않을 거예요."

제이니는 기쁜 마음으로 봉투를 찢으며 얘기한다.

케이벨이 커피 세 잔과 우유 한 잔, 그리고 머핀과 도넛으로 가득 찬 봉투를 들고 나타난다. 그는 제이니의 앞에 우유와 머핀을 내려놓고, 그녀의 커피에 크림과 설탕을 세 개씩 탄다.

그녀는 손을 벌벌 떨며 우유를 마시고, 우유의 얼음처럼 차가운 영양분이 목구멍을 따라 내려가는 것을 느낀다.

"살 것 같다."

그녀가 말하며 깊은 숨을 마신다.

"그래서, 나한테 보고할 게 있다고, 케이벨?"

서장이 말문을 연다.

"네, 서장님. 우리는 19시 10분에 파티에 도착했습니다. 마리화나 는 이미 진행 중이더군요. 그리고 23시 30분까지 코카인은 계속 잔 에 담겨 팔렸습니다. 5명의 미성년자와 몇몇 어른들이 코로 마약을 흡입했습니다. 와일더 씨는 저를 한 쪽으로 데려갔고, 우리는 파트 너십에 대해서 의논했습니다. 그는 어느 정도는 논리정연했지만 약 에 취해 있었고, 저에게 말하기를, 그의 표현을 그대로 빌자면 '시장 에 내놓을' 준비가 되어 있는 것들을 숨겨 놓고 있다더군요. 그 비밀 장소의 정확한 위치를 캐지 못했기 때문에 제가 열 받은 상태였음에 도 불구하고, 보아하니 그 정도면 베이커와 코브에게는 충분했던 모 양입니다. 그 둘은 3분 만에 그곳에 도착해서 장소에 난입한 다음, 너무 멍청해서 평화롭게 집에 돌아가지 못한 사람들을 체포했습니 다. 그리고 물론, 와일더 씨와 그의 두 자녀도 포함됐습니다. 와일더 부인은 집을 비운 상태였습니다. 그리고 저는 그녀는 이 일에 연류 되어 있지는 않다고 생각하고 있습니다."

그가 제이니를 옆 눈으로 슬쩍 보고 미안하다는 뜻으로 어깻짓을 해 보인다.

"캐리는 엄청나게 취해서 큰 싸움을 벌였어. 미안하게 생각해."

제이니는 미소를 짓는다.

"아마 그 경험이 걔가 정신 좀 차리는 데 도움이 될 거야."

"새벽 2시까지, 우리 모두는 집에서 떨어져서 '내 작은 집'에 옹기 종기 모여 있었습니다. 그때 제이니가 캐리와 캐리의 남자친구를 빼 내기 위해서 여기로 왔고, 운 좋게도, 그 시끄러운 소음 속에서도 잠 에 빠질 정도로 와일더 씨는 개판 5분 전으로 피곤한 상태였습니다.

제이니는 자기 일에 착수하려고 자리를 잡았고요."

그가 뒤로 물러나 앉으며, 자신의 보고를 마친다.

서장이 고개를 끄덕인다.

"잘했어, 케이브, 언제나 그랬듯."

그녀는 제이니에게 몸을 돌린다.

"제이니. 고백할게. 넌 우리에게 고용된 것도 아니고, 우린 너더러 이 수사에 참여해 달라고 부탁한 적도 없지. 넌 네가 그 엿 같은 커피 카트의 어여쁜 구석탱이를 네 얼굴로 들이 받아 다 부숴먹기 전에, 아 물론 그 고철덩이는 내가 방금 이 미팅 전에 바로 쓰레기차에 갖다 버리기는 했다만, 아무튼 그 전에 무슨 일을 겪었는지 말할 의무 같은 건 없어. 하지만 만약 네가 말해 주고 싶다면, 그리고 뭔가 이 상황에 적절히 보태 주고 싶은 뭔가라도 알고 있다는 느낌이 들면, 난 아주 아주 고마울 것 같다."

그녀는 뭔가를 메모장에 갈겨쓰고는 그걸 자신의 주머니에 넣은 다음, 계속 말한다.

"우리가 약이 숨겨진 정확한 위치를 모르기 때문에 케이브가 살짝 심란해하는 것 방금 너도 들었지. 난 개인적으로 바로 그 부분에 대한 정보를 얻을 수 있어서 우리가 마침내 법정 최고형을 내릴 수 있게 되기를 학수고대하고 있단다. 혹시 우연히 네가 그 형과 관련된 정보를 낚은 거라도 있니?"

그녀는 자신의 말장난에 조용히 웃고는 덧붙인다.

"천천히 생각하렴, 애야."

이제 좀 더 분명히 생각할 수 있게 된 제이니는, 와일더 씨의 악몽을 머릿속에 다시 한 번 떠올려 본다. 그녀는 눈을 감고, 혼란스러운 마음에 머리를 흔든다. 그리고 올려다본다.

"좀 웃기게 들릴 수도 있는데, 혹시 와일더 집안이 요트 같은 걸 갖고 있나요?"

케이벨이 천천히 대답한다.

"있어. 지금은 겨울이라서 아마 어디 창고 같은 데에 보관 중일 거야. 왜?"

그녀는 한참 동안 조용하다. 그녀는 말로 내뱉을 정도로 자신의 직관을 충분히 믿을 수가 없다. 잃을 게 없다는 걸 스스로 알고 있음에도 불구하고.

"오렌지 구명조끼?"

그녀는 망설이며 말한다.

서장이 흥미를 느낀 듯 앞쪽으로 몸을 기울인다. 그녀의 목소리가 평소보다 조금 날카롭다.

"틀리는 걸 두려워하지 마, 제이니. 단서는 단서일 뿐이야. 단서들 대부분이 잘못되기 십상이란다. 하지만 어떤 범죄도 단서 없이는 해결될 수 없어."

제이니는 고개를 끄덕인다.

"전체를 듣고 싶진 않으실 테니까, 끝도 없는 꿈에 대한 설명은 면제해 드릴게요. 다만 주요 부분이 강하게 기억에 남아 있는데, 계속 계속 반복되었던 그 부분은 이래요.

우리는 요트 위에 있고 햇살이 가득한 바다 위는 아름다워요. 저 멀리에 정말 너무나 멋지게만 보이는 열대 섬이 있어요. 와일더 씨는 그 섬을 향하고 있고요. 와일더 부인은 요트의 갑판에 누워 태양을 쬐고 있어요. 선미부에서요, 아시죠? 다음 순간, 갑자기 날씨가 어두워지면서 바람이 불어요. 태풍이 몰아치고, 보트가 휘말려요. 그러니까 허리케인처럼 강력하고 거센 바람이 불고⋯⋯."

그녀는 잠시 말을 멈추고, 눈을 감고, 꿈으로 빠져든다. 무아지경의 상태로.

"그리고 와일더 씨는 점점 혼비백산해요. 왜냐면 그가 점점 이 섬의 해변으로 다가갈수록, 반대방향으로 치는 파도가 우릴 점점 밖으로 내몰거든요. 그 영화 있죠, 톰 행크스가 자기 애완 배구공이랑 같이 나왔던 '캐스타 어웨이'의 배경이 됐던 그런 섬이에요."

케이브가 빙그레 웃는다.

"「캐스트 어웨이」를 말하는 거겠지, 해너건."

"그래. 뭐든 간에. 그 동안, 와일더 부인은 여전히 갑판에 앉아서, 책을 읽고 있어요. 그 태풍에도 불구하고요. 이상하죠, 저도 알아요. 와일더 씨는 선실 안으로 들어와서 구명조끼를 걸치라고 부인에게 소리소리 지르는데, 부인은 듣지를 못해요. 다음 순간 요트가 빙글빙글 돌기 시작하고, 암초에 쾅 하고 부딪히면서 우리 모두는 물속으로 날아서 떨어지죠. 요트는 산산조각 나고, 선실에 있던 모든 물건들이 주변을 둥둥 떠다녀요. 파도에 떠밀려서요.

와일더 부인은 팔다리를 마구 흔들면서 물 안으로 가라앉아요, 와일더 씨는 주변을 헤엄치면서 물에서부터 물건들을 마구 건져내고요. 와일더 씨는 자기 부인이 허우적대는 걸 보고, 구명조끼를 움켜쥐죠. 여기저기에 구명조끼가 적어도 15개 이상은 둥둥 떠다니고 있어요. 그리고 와일더 씨는 자기 팔에 8개인지 9개 정도는 되는 구명조끼를 걸치고 있지요. 와일더 씨는 자기 부인을 향해서 헤엄쳐 가요…….”

제이니는 눈을 감고, 침을 삼킨다. 그녀의 목소리가 떨린다.

“그리고 저는, 아마도 와일더 씨가 부인을 구할 거라고 생각했어요…….”

케이벨이 입술을 깨문다.

서장은 잠깐 쉬자고 말한다.

그녀는 집중력을 잃지 않으려고 손으로 부채질을 하고는, 계속하라고 한다.

“와일더 씨는 구명조끼를 들고 부인에게 헤엄쳐 가요. 하지만 그녀를 구하는 대신에, 와일더 씨는…… 음…… 와일더 씨는, ‘지옥에서 평생 썩어라, 이 망할 쌍년아.’ 하고 말해요. 그러고 나서 와일더 씨는 자기 부인을 지나쳐 해변으로 헤엄쳐 가요. 그 구명조끼들을 전부 챙겨서요.”

제이니는 숨을 들이 마신다.

“마치 그 구명조끼들이 그 사람 인생에서 제일 중요한 거라는 듯이요. 그리고…….”

그녀는 다시 멈췄다가 이상한 목소리로 말을 잇는다.

“그리고 그 구명조끼들은, 더 이상 둥둥 떠다니지 않아요. 구명조끼는 물속으로 질질 끌려 들어가요. 가라앉아요. 와일더 씨도 딸려서 가라앉아요. 아래로요. 그러고 나서 다시는 떠오르지 않아요."

제이니는 눈을 뜨고 진지하게 서장을 바라본다.
"전 구명조끼 안에 바느질한 흔적이 있는지를 찾아보셔야 할 것
같다고 생각해요, 서장님."
서장은 이미 요트의 수색 영장을 받기 위한 전화를 걸고 있다.
케이벨의 입이 쩍 벌어져 있다.
제이니는 머리가 욱신거린다.
"두통약 좀 있어?"
그녀가 속삭인다.

10:30 a.m.
제이니와 케이벨은 수학 시험을 치른다.

10:55 a.m.
제이니의 바싹 마른 뺨 위로 짭짤한 눈물이 조용히 흘러내린다.
그녀는 텅 빈 푸른 공책을 덮고 일어서서, 제출한 다음 교실을 걸어
나간다. 나가는 그녀의 모습을 교실의 모두가 바라본다. 케이벨은
답안을 몇 개 더 갈겨쓰고 자신의 답지 역시 제출한다. 처음에 그는
주차장을 찾아본다. 제이니의 자동차가 눈 폭풍에 서서히 뒤덮인 채
그대로 서 있는 것을 보고 그녀가 이 혼돈의 도가니 속에 차를 몰고

돌아간 것은 아니라는 사실에 안도의 한숨을 내쉰다. 그는 다시 학교 안으로 들어가서 교실들을 찾아본다.

그는 마침내, 빈 도서관의 책상 위에 정신을 잃고 있는 그녀를 찾아낸다.

그녀를 안아 든다.

응급실로 데려간다.

가는 길에, 그는 서장에게 전화를 건다. 서장에게 무슨 일인지 설명한다. 병원 방문객들의 우연한 꿈에 제이니가 빨려들어 가기에 적절한 때가 아니라고 덧붙인다.

그들이 응급실에 도착하자, 그들은 개인실로 안내된다. 케이벨은 미소를 지으며 중얼거린다.

"내가 이래서 이 일이 좋다니까."

제이니는 탈수 상태다. 다행히 그게 전부다.

병원에서는 그녀에게 정맥 주사를 처방하고, 주사를 다 맞은 후에 케이벨이 그녀를 집까지 바래다준다. 그녀는 오랜 시간 잠을 잔다. 그도 소파 위에서 잠이 든다.

그녀는 그 일을 전부 짭짤한 바다 탓으로 돌린다.

영광과 희망

2005년 12월 16일, 4:30 p.m.

케이벨과 제이니는 서장의 사무실에 앉아 있다.

서장이 들어온다.

문을 닫는다.

자신의 책상 뒤에 앉더니 커피를 한 입 마신다. 다리를 꼰다. 의자에 몸을 기대고 두 10대를 바라본다.

"해냈어."

그녀가 미소를 짓더니, 다음 순간 복권이라도 당첨된 것처럼 웃음을 터뜨린다.

그리고 제이니에게 봉투를 건넨다.

그 안에는:

계약서

장학금 제안서

수표

"전부 읽어 봐. 관심 있으면 말해 주고."

서장이 잠깐 말을 멈춘다.

"잘했다, 제이니."

2005년 12월 25일, 11:19 p.m.

제이니는 헤더 양로원의 케이크 위에 있던 마지막 설탕 장식을 슬쩍한 후, 주변을 슬슬 걸어 다니며 자고 있는 노인들에게 조용한 작별 인사를 마치고 나서 관리관에게 감사의 포옹을 한다. 케이크가 놓인 테이블에서 빨간 헬륨 풍선을 들고, 돌아서서, 마지막으로 그 문을 나서서 천천히 걸어 에델을 향해 주차장으로 간다.

집에 도착하자, 눈 속을 뚫고 그의 집으로 뛰어 간다.

문을 연다.

안으로 들어선다.

그가 잠이 든 채, 기다리고 있다. 그녀를 위한 꿈을 꾸면서.

그녀는 어두운 그림자 모양의 그의 옆으로 미끄러져 들어간다. 그녀는 그의 어깨에 키스한다. 그가 그녀의 손을 잡는다. 자신의 손가락으로 그녀의 손가락을 꼭 붙든다. 서로를 단단하게 잡는다.

그리고 그들은, 손가락이 연결된 채, 잠이 든다.

서로를 함께 바라보면서.

그의 꿈을 잡아서.

2권, 『끝나지 않는 악몽』에서 계속

케이뻴이 보는 제이니의 이야기

2005년 10월 14일, 10:05 a.m.

"안녕."

그는 날카로운 목소리로 말한다. 케이벨 스트럼헬러는 반 친구들을 아무렇게나 밀치면서 버스에서 내려서, 캐나다 스트랫포드의 호텔에 들어선다. 씩씩대면서. 여전히 조금 몸을 떨고 있다. 우연이라도 그녀를 보고 싶지 않은 마음에, 눈은 바닥에 향한 채, 그녀가 오는지 살핀다.

그는 곧장 자기 방으로 가서 침대에 몸을 던지고, 천장을 응시한다. 다른 세 학생이 방으로 들어온다. 그들은 잠시 방 여기저기를 뒤지지만, 케이브는 그들을 거의 보지도, 그들의 존재를 거의 의식하지도 못하고 있다. 그들 역시 그에게 말을 걸지 않는다. 새로울 것도 없다.

그의 주말 룸메이트들이 첫 번째 연극을 보기 위해서 사라지고 나자, 케이벨은 호텔 침대에서 굴러나와 생각에 잠긴다.

제이니 해너건에 대해서, 그리고 지난 4시간 동안 버스에서 일어난 일이 정확히 뭔지에 대해서.

도대체 그 빌어먹을 여자애의 문제가 뭔지, 그리고 어떻게 그 애가 그의 꿈에 들어올 수 있었는지에 대해서도.

그는 주먹으로 베개를 친다. 악몽을 멈출 수가 없다.

케이벨은 그의 집 뒷문으로 올라가는 계단 위에 선 채로, 열린 문의 손잡이에 손을 올리고 안을 들여다보고 있다. 다음 순간 그는 다급히 문을 닫고 노랗게 마른 풀밭을 지나 단호하게 급히 걸어간다. 케이벨의 아빠가 그를 뒤쫓아 문에서 튀어나와, 한 손에는 담배와 맥주를 들고 다른 한 손에는 라이터에 넣는 기름이 든 깡통을 든 채 계단 위에 선다. 그의 아빠는 그에게 소리를 지르고, 케이벨은 우뚝 선 남자에게 놀란 채 뒤돌아선다. 그의 아버지가 불쑥 다가오는 동안 그는 얼어붙은 채 서 있다. 남자는 케이브의 옷에 라이터 기름을 마구 뿌린다.

케이브에게 불을 붙인다.

케이벨은 화염에 휩싸인 채 비명을 지르며 몸을 관통하는 고통에 신음하며 바닥을 구른다. 불꽃 때문에 그의 피부에 물집이 잡힌다. 다음 순간, 무시무시한 포효와 함께, 그는 손가락이 칼날로 되어 있는 거대한 괴물로 변한다. 그는 오직 한 가지 목표만을 마음속에 새기며 그의 아버지를 향해 돌진한다.

그를 죽여라.

꿈은 늘 그렇게 시작된다. 그것이 케이브가 몇 년째 꾸고 있는 악몽이다. 이런 식이거나, 아니면 약간 다른 형태의 이런 꿈. 매번 조금씩은 변한다. 케이벨은 더 나쁜 악몽이 있을 수도 있다는 것을 상상할 수조차 없다.

하지만 그를 괴롭히는 문제는 이 부분이 아니다. 적어도 지금으로서는. 그는 이 모든 감정들을 일단 저리 치웠다. 저 악몽은 차라리 그가 감당할 수 있는 문제였다.

하지만 버스에서 일어난 일은 대체 뭐란 말인가? 그건 정말 미친 일이었다. 이번에 제이니의 옆 자리에 앉아 잠이 든 채로, 그는 악몽 속에 있는 그 자신을 지켜보고 있었다. 마치 자신이 다른 사람의 꿈을 들여보고 있는 것처럼.

그리고 제이니도 그곳에 있었다. 케이벨과 함께 뒷마당의 헛간 뒤에서.

지켜보고 있었다.

마치 그들이 그곳에 실제로 존재하는 것처럼, 케이벨의 꿈이 진행되는 것을 지켜보고 있었다.

그리고 꿈이 끝나고 나서 잠에서 깨어났을 때, 그는 그녀의 얼굴에도 놀란 감정이 떠오르는 것을 볼 수 있었다. 그건 자백이나 다름없었고, 그녀는 그걸 부정하지도 않았다.

그는 그녀를 알고 있다. 그녀가 어디에 사는지 안다. 평범하게 말이다. 스토커라든가 그런 식으로 이상하게 아는 것이 아니라. 그들은 중학생 때 이후로 함께 스쿨버스를 타곤 했다. 케이브가 그녀보다 한 학년 위였던 때부터. 그의 아빠가 케이브의 삶을 엉망으로 만들기 전부터.

어쨌든 케이브는 지금 그 부분을 기억하고 싶은 것은 아니다. 그의 아빠에 대한 거라면 어떤 것도 다시는 떠올리고 싶지 않다. 그 일은 진작에 다 끝난 일이다. 그에게는 그랬다.

버스에서 꾼 악몽이 여전히 생생하다. 자신이 여전히 그 꿈을 꾼다는 사실을 그동안 전혀 깨닫지 못했다. 하지만 이제 그는 자신이 그래왔다는 사실을 알게 되었다.

그리고 그는 그 사실을 아는 유일한 사람은 아니다.

괴물 남자는 포효하며 집으로부터 달려 나와 헛간을 향해 뒤쪽으로 향한다. 거기 뒤에 한 소녀가 있다. 제이니다. 그가 항상 꿈꿔 왔던 소녀.

괴물 남자가 으르렁거린다. 그가 그녀를 본다.

그녀는 끽끽 거리는 소리를 내며 눈을 감고는, 등을 헛간에 대고 물러선다. 그렇게 하면 마치 벽 안으로 녹아 사라지기라도 할 수 있다는 듯이.

다음 순간 괴물이 다시 케이벨로 변한다. 그는 소녀를 향해 미안하다는 듯한, 그녀를 겁먹게 해서 정말 미안하다는 듯한 눈빛을 보낸다. 다른 누구도 결코 그런 적 없는 방식으로 그녀가 그를 바라봐 줬으면 싶다. 아무도 결코 알아준 적 없는 남자를. 그녀가 눈을 뜨고 그를 보더니, 그에게 몇 걸음 다가선다.

그는 그녀의 얼굴을 어루만진다.

몸을 기울인다.

그녀에게 키스한다.

그녀 역시 그에게 키스한다.

"어."

그가 악몽이 어떻게 끝나는지를 기억해 내며 말한다. 그는 눈을 꼭 감고 생각하려고 노력한다. 도대체 어떻게 제이니 해너건이 이 모든 것들을 볼 수 있었는지에 대해 이해하려고 노력해 본다.

"걘 정말 괴물이야. 사이코라고. 걔가 외계인이라면 어쩌지?"

케이브는 천천히 말하고는 고개를 흔든다. 그는 정말로 이상한 일들이 일어날 수 있다는 것을 알만큼 충분히 이상한 일들을 봐 왔다. 그를 더 이상 놀라게 만들기 힘들 정도로. 그리고 방금 일어난 일을 겪고 난 후에, 제이니가 외계인이거나 아니면 최소한 적어도 영매일 수 있다고 생각한 것은 대단하게 이상한 결론 같지는 않다. 어쨌든 그녀가 위험한 존재일까? 그럴 수도 있다는 생각이 든다.

그는 편집증이 몰려오는 것을 느끼고, 그것이 자신을 덮치도록 내버려둔다. 그녀는 그를 감시하는 중이었을까? 그가 그렇게 끔찍한 일들에 관한 꿈을 꾸고 있다는 것을 알고 지낸지는 얼마나 된 걸까? 그가 그녀에 대해 꿈을 꾼다는 것은? 정말 당황스러운 일이다. 그리고 지금 와서 생각해 보면, 그 괴상한 밤 내내 다함께 네 시간 동안 버스를 타고 온 후, 그녀가 그 버스에 타고 있던 사람들 중 절반 정도의 꿈과 악몽에 대해 알고 있으리라는 것은 꽤나 가능성 있는 얘기다.

하지만 왜 그와는 다르게 그들은 그 사실을 인지하지 못하는 걸까? 왜 그들은 그녀와 마주치지 못하는 걸까?

혹시 이 모든 것이 그저 그의 상상일 뿐일까?

그는 도무지 알 수가 없다.

버스에서의 그녀가 어땠는지 그는 분명히 봤다. 몇 시간 동안, 간헐적으로 그녀는 온몸을 떨었다. 제어를 잃은 것처럼, 마치 여러 번의 발작이 몰려오는 것처럼. 첫 사건 후로 그녀는 그에게 그 사실에 대해서 침묵을 지켜 달라고 간청했고, 무슨 일이 얼마나 더 많이 몇 번이나 일어나든 그가 어떤 도움도 요청하지 말기를, 단 한 마디도 말하지 말기를 그녀에게 약속하도록 했다. 그는 그들이 맥도날드에 섰을 때에 음식을 찾던 그녀가 얼마나 약해 보였는지 기억한다. 무기력하게 그녀를 지켜볼 수밖에 없었다. 그녀의 상태는 끔찍해 보였다. 혹시 누군가가 어떤 목적으로 그녀에게 그런 지시를 내린 걸까?

하지만 그녀는 지금까지 다른 누구도 결코 들어가 본 적 없는 그의 정신 안으로 들어왔다. 그가 결코 어떤 누구도 들어가길 원하지 않는 곳으로. 그건 확실히 소름끼치는 일이다. 도대체 그녀는 뭐지?

그는 긴 시간 동안 이 문제로 상처받을 수 있다고 생각해 본 적이 없었다.

케이벨은 머리를 흔든다.

그는 2학년이 시작되던 첫날, 근처의 버스 정류장에서 그녀가 그를 처음 인지했던 순간에 대해 떠올린다. 그건 좀 웃긴 일이었는데, 사실 그들은 최근의 몇 년 동안 내내 같은 버스를 탔던 것이다. 하지만 그는 그녀가 자신의 쪽으로 눈길 한 번 준 적이 없다는 것 또한 기억한다.

그때 그는 캐리 브랜트가 버스가 오기를 기다리는 동안 제이니에게 했던 말을 들었었다.

"어머나, 새 남자친구구나."

그리고 캐리는 웃음을 터뜨렸다. 와, 그건 정말 당혹스러웠다. 제이니는 캐리에게 조용하라고 했지만, 다음 순간 그녀 역시 따라 웃기 시작했다.

케이브는 그날 학교로 가는 버스에서 그들 뒤에 앉았다. 자는 척을 해서 엿들을 계획이었다. 만약 그들이 그를 두고 더 많은 농담을 할 경우를 생각해서.

하지만 그들은 그러지 않았다.

적어도 제이니는 아니었다. 다시는 그러는 법이 없었다.

그 후 제이니와 한두 번 눈이 마주친 일이 있었는데, 그녀는 결코 혐오나 다른 감정을 보이며 시선을 피하거나 하지 않았다. 하지만 그들은 대화를 주고 받진 않았다.

홈커밍 댄스가 다가왔을 때, 케이브는 그녀에게 함께 가자고 요청해 볼까 하는 생각도 했다. 하. 그래, 잘도. 그녀는 결코 그와 함께 댄스파티에 갈 일이 없을 터였다. 그는 완전한 패배자였다. 그를 받아준 유일한 그룹은 고스족이었고, 원래 그들은 누구라도 받아들였다.

그는 심지어 댄스에 가지 않을 생각이었는데, 같이 어울리는 친구들이 놀러가자고 했을 때, '그래, 뭐 문제될 게 뭐 있나?' 하는 생각이 들었다. 그는 체육관 안으로 들어가지도 않았다. 그저 다른 친구들과 함께 담배나 피며 뒷문 주변을 어슬렁거렸고, 자신의 삶이 어떻게 될지, 어떻게 이런 것들을 정리해야 할지에 대해 생각했다. 제이니가 안에 있는지도 조금 궁금했다.

문이 위로 열리며 열렸을 때, 아무도 문이 열리는 걸 보지 못했다. 그가 발로 그것을 멈추기도 전에 문고리가 그의 복부를 강타했다. 거의 1분을 숨도 쉴 수 없었다. 고통이 관통했다. 그는 몸을 구부렸다. 친구들은 소리 내어 웃었다. 왜 안 그렇겠는가? 그가 생각하기에도 그 애들로서는 우스운 일이었을 것이다.

어쨌든 그날 그 어둡고 추운 저녁에 사명이라도 띤 것 같은 얼굴로, 케이벨이 지난 1년간 수도 없이 걸어 내려간 길, 매번 그가 버스를 놓치곤 하던 그 길을 따라 제이니가 뛰어가는 동안, 그의 시선은 그녀에게 고정되어 있었다.

그녀는 자갈길을 따라 그날 그 하이힐을 처음 신어 보는 것처럼 또각또각 걸었다. 집까지는 걷기에 먼 길이었고, 별로 산책하기 좋은 길도 아니었다. 점점 추워지고 있었고, 학교에서 점점 더 멀어질수록 이웃들의 질도 나빠졌다. 케이브의 호흡이 정상으로 돌아왔을 때, 그는 스케이트보드로 눈을 돌렸다. 어쩌면 지금이 그의 기회일지도 몰랐다. 그는 비니의 매무새를 바로잡고, 앞을 잘 볼 수 있도록 앞머리를 모자 아래로 약간 쑤셔 넣었다. 담배를 새로 꺼내 불을 붙이고 느리게 빨아들이는 그의 손가락이 조금은 떨리고 있었다.

"쟬 쫓아가려고?"

친구들 중 제이크가 물었다.

"어쩌면."

그가 차갑게 대꾸했다. 그는 다시 한 모금을 빨아들이고 천천히 연기를 내뿜은 다음, 신발로 담배를 비벼 끄고 자신의 스케이트보드를 낚아챘다.

"그래."

"나도 갈래, 통금이 있어."

다른 남자애가 말했다.

"나도."

또 한 명이 말했다.

케이브는 숨을 들이마시고 어둠 속에서 얼굴을 찌푸렸다.

"좋을 대로."

마음이 바뀌기 전에 그는 팔 아래 스케이트보드를 끼운 채 길을 나섰다.

걸어서 그녀를 따라잡을 때까지 몇 분이 걸렸기에, 짧은 시간 그는 그녀를 잃어버린 모양이라고 생각했다. 그녀는 하이힐을 신고 걷기를 포기한 상태였고, 케이벨과 제이니가 살고 있는 도시의 형편없는 구역으로 이동할수록 이웃은 빠르게 나빠졌다.

그들 셋이 접근하는 순간 그녀가 긴장하는 것을 그도 알아차렸다. 두 소년이 자신들의 스케이트보드를 내려놓자 그녀가 얼어붙었다. 케이벨은 조용히 욕을 퍼부었다. 그는 그녀를 놀라게 하고 싶은 의도는 없었다.

"깜짝이야! 여자애 겁줘서 반쯤 죽이려는 거면, 성공했네."

고맙게도, 그녀가 그를 알아보고 말했다. 그녀는 짜증난 것처럼 보였다.

케이브는 어깨를 으쓱했다. 겉으로는 쿨한 척했지만 속으로는 정신이 하나도 없었다. 속이 꼬이고 위장이 출렁댔다.

'도대체 내가 무슨 미친 짓을 하려는 거지?'

하지만 되돌리기엔 너무 늦었다. 그는 뭐라도 말할 거리를 절박하게 찾았다. 다른 남자애들은 스케이트보드를 타고 앞쪽으로 나가며 그에게서 약간 거리를 띄웠다.

"길이 먼데."

그가 말했다. 너무 변변찮은 대사에 스스로 움찔했다.

"너, 어…… (그의 목소리가 갈라졌다.) 괜찮니?"

"괜찮아. 넌?"

케이벨은 침을 꿀꺽 삼켰다. 그는 심호흡을 했다. 다음에 어떻게 할지 어떤 생각도 해 둔 바가 없었다. 하지만 그녀가 맨발로 집까지 걸어가도록 지켜보는 것은 참을 수 없을 것 같았다. 그녀는 이미 절뚝거리고 있었다.

"타."

그가 말하며 땅 위에 스케이트보드를 내려놓았다. 제이니의 손에서 신발도 뺏어들었다.

"너 그러다 발이 아주 채 썰리게 생겼다. 저기 유리조각도 있을걸."

제이니는 멈춰 서서 그를 바라보았다. 그리고 그는 그녀의 강인한 얼굴에 어떤 감정이 스치는 것을 볼 수 있었다. 연약함 비슷한 무언가. 그것이 그의 속을 어지럽게 했다.

"어떻게 타는지 몰라."

그녀의 말에 그는 미소 지었다. 안심이 됐다. 그녀는 그에게 꺼지라고 하지 않았다. 옳은 방향으로 한 걸음 내딛은 것이 분명했다.

"그냥 서서, 구부리고, 균형을 잡아. 내가 널 밀어 줄게."

그리고 한동안 그를 뚫어지게 본 후에, 그녀는 그의 말대로 했다. 믿을 수 없었다. 그는 그녀의 등 한 부분에 부드럽게 자신의 손을 올렸다. 그녀가 그 행동에 기분 나빠 하지 않기를 바랐지만, 묻고 싶진 않았다. 그는 그녀를 밀어 주었고, 몇 번 불안정하게 뒤뚱거린 후에, 그녀는 곧 어떻게 하면 떨어지지 않는지, 그리고 사우스 필드리지의 쓰레기 같은 도로 위로 그가 그녀를 미는 동안에 어떻게 보드를 기울여 조종할 수 있는지 알아냈다.

그는 오랫동안 이 일로 기분이 좋았다. 심지어 어떤 말할 거리를 생각해 낼 수 없었음에도, 거기 어둠 속에서 그렇게 있는 것은 꽤 괜찮았다. 그들 둘은 이상하게도 조용했다. 차가운 저녁 공기 속에서 그의 손에 닿은 그녀의 따뜻한 등. 그녀가 그를 믿어 줬다는 사실. 그녀가 두려워하지 않았다는 것. 비명을 지르며 도망가지도 않았다는 것. 세상에, 게다가 그녀는 그가 자신을 만지게 내버려뒀다.

너무 좋아서 믿을 수가 없었다.

그는 다른 남자애들이 집 쪽을 향해서 출발하는 것도 간신히 알아차렸다. 그의 신경은 오직 돌과 유리를 피하는 데에 집중되어 있었다.

그녀의 집 주차로 계단으로 그녀를 밀어 줬을 때, 드디어 이 모든 일이 끝났음을 알았다. 적어도, 그 순간은. 하지만 그 정도로도 지금은 충분했다. 희망이 생겼다.

제이니는 스케이트보드에서 발로 콩 뛰어서 문을 열었다.

그는 그녀의 신발을 계단 위에 내려놓고, 잠깐 망설였다가 자신의 스케이트보드를 들고 말 한 마디 없이 그녀를 남겨 놓고 떠났다. 그저 고개만 까딱 하고. 무슨 말을 해야 할지 전혀 생각이 안 났다.

"고마워, 케이벨."

그 말을 들었을 때, 그는 길에 있었다. 공기 중에 울리는 그녀의 목소리는 가늘고 부드러웠다.

"상냥하게 대해 줘서."

음악 같았다, 그 목소리는. 남자의 마음이 사랑에 빠지게 만들기에 충분했다.

케이벨은 나중에도 그날을 자주 회상한다.

그는 호텔 침대에서 일어나 앉아서 화장실로 들어간다. 얼굴에 물을 철벅 끼얹은 후 세면대에 몸을 기대고 머리를 거울에 대고 생각에 잠긴다. 그때로 돌아가, 이 일이 이렇게 복잡해질 수도 있다는 생각을 전혀 해 보지 못했다는 점에 대해 생각한다.

3:13 p.m.

필드리지 고등학교 학생들 나머지가 극장에서 「카멜롯」을 관람하고 있는 동안, 케이벨은 호텔 안을 걸어다니다 밖으로 나가 근처의 쇼핑몰로 향한다. 그는 영화를 보기로 한다. 「카포티」(미국의 작가 트루먼 카포티가 그의 논픽션 소설 『인 콜드 블러드』를 완성하기까지의 과정을 다룬 영화—옮긴이)와 「바탈리언 5」(좀비 영화—옮긴이) 중에서 하나를 고르자니 무척 어려웠지만, 버스에서의 악몽을 겪은 후라, 호러 영화가 별로 당기는 선택이 아니었다.

그는 쇼핑몰의 푸드 코트에서 저녁을 대충 때우고 착한 십 대처럼 보이지 않는다는 이유로 쫓겨날 때까지 음반 가게를 돌아다닌다. 어른들은 도대체 뭐가 문제인 걸까? 그들은 언제나 겁에 질려서 의심의 눈길을 보낸다.

'망할, 우리도 그저 그럭저럭 살아 보려고 애쓰고 있을 뿐인데, 당신들처럼.'

케이브는 생각한다.

그는 서점까지 어슬렁어슬렁 걸어가서 SF와 판타지 분야 책들을 훑어본다. 제이니와 관련된 이 모든 것들과 악몽 문제가 조금은 SF처럼 느껴지는 것도 사실이다.

다음 순간 그가 멈칫한다.

가게를 둘러보고는 자기 계발 분야로 다가간다.

꿈에 관한 책들이 꽂힌 선반을 찾아서 몇 권을 집은 다음, 의자를 찾아 자리를 잡는다. 그가 읽고 연구하는 동안 몇 시간이 흐른다. 홀린 듯하다. 문 닫을 시간이 되자, 케이벨은 책들을 구매한다. 그는 어둠 속을 걸어 호텔로 돌아간다.

11시가 넘어 다른 소년들이 극장에서 돌아왔을 때 케이벨은 자는 체한다. 하루 종일 어디에 있었는지 묻는 질문에 대답하고 싶지도 않다. 게다가, 이미 머릿속이 꽉 차 있다. 배도 어마어마하게 고프고 여전히 혼란스럽다. 불안하다. 하지만 분노는 사라지고 있다.

제이니가 이 일을 어쩔 수 있었던 것 같지는 않다. 그랬다면 그녀는 아마 버스에서 그 사실을 숨겼을 것이다. 어쨌든 그것이 그가 내린 결론이다.

그는 잠이 든다.

2005년 10월 15일, 4:03 a.m.

케이벨은 쇼핑몰에 있다. 건물에 둘러싸인 중앙 홀에는, 사람들이 짧게 줄 서 있는 매점이 있다. 그는 다른 사람들 뒤에 줄을 선다. 바닥에 거대한 나무 상자가 놓여 있는 것이 보인다. 두 사람이 상자에 기어오르더니 눕는다. 매점을 운영하고 있던 상인이 그들 위로 뚜껑을 덮고, 단추를 누른다. 상자는 천천히 바닥으로 가라앉고, 그동안 줄에 서 있는 사람들은 침묵 속에서 그 광경을 지켜본다.

"무슨 일이야?"

케이벨은 자기 앞에 서 있는 사람에게 속삭인다.

"게임이야."

소녀가 말한다. 케이벨은 자신을 돌아보는 소녀가 제이니라는 것을 깨닫는다.

"가상현실 열차 같은 그런 거 말이야?"

"비슷해."

케이벨은 어깨를 으쓱거린 후 지켜본다. 상자가 다시 한 번 표면 위로 올라오고 뚜껑이 열린다. 오직 한 명만이 밖으로 나온다. 울고 있는 여자다. 그녀는 상자를 가리키며 울부짖는다.

"그는 죽었다!"

즉시 구급요원들이 등장한다. 그들이 죽은 남자를 옮기자마자 매점 판

267

매원은 줄에 서 있는 다른 사람들에게 상자 안으로 들어가라고 신호를 보낸다.

"이거 별로인데."

케이벨의 말에 제이니가 답한다.

"현실이란 게 이런 거야."

다음 쌍이 아래로 내려가고 그들이 다시 올라왔을 때, 이번에는 남자가 밖으로 나온다. 그는 흐느껴 울면서 상자를 가리킨다.

"그녀는 죽었다!"

그가 울부짖는다. 사람들은 남자가 걸을 수 있도록 부축해 주어야만 했다.

케이벨은 땀이 나기 시작한다.

"가자, 제이니. 그만 가자."

"그럴 수 없어. 한번 줄에 서면, 반드시 저걸 타야만 해. 보여?"

제이니는 자신이 한 말이 그대로 쓰여 있는 간판을 가리킨다.

곧 그들의 순서가 돌아올 것이다.

"제발, 제이니. 왜 이래! 우린 그냥 떠날 수 있어. 무슨 일이 일어나는지 안 보여?"

"그냥 일어나는 일들을 우리가 어떻게 할 수는 없어, 케이벨. 그건 아무도 어떻게 맘대로 할 수 있는 게 아니야. 현실이란 게 그런 거야."

그를 바라보는 제이니의 눈에 슬픔이 차 있다.

매점 판매원이 제이니와 케이벨에게 상자에 들어가라고 신호한다. 바로 가까이에서 보니, 케이벨은 세로로 길쭉한 그 모양이 관처럼 보이는 것을 알 수 있다.

"아니야, 제이니, 안 돼. 우린 이걸 할 필요가 없어!"

제이니는 케이벨에게 슬픈 얼굴을 한다. 그녀는 망설이다가 말한다.

"괜찮아. 넌 여기 있어. 내가 갈게."

다음 순간 그녀는 케이벨의 손을 꼭 잡고, 손가락 끝으로 그의 뺨을 쓸어내린다. 슬프고, 삐딱한 미소를 짓는다.

케이벨은 그녀가 관으로 걸어가는 모습을 지켜본다.

"기다려! 무슨 일이 일어나는 거야?"

하지만 그는 이미 그 대답을 알고 있다.

제이니는 손을 흔든다. 그녀는 진심어린 말투로 말한다.

"괜찮아. 어쨌든 내가 되었을 거야."

매점 판매원이 제이니 위로 뚜껑을 닫는다.

케이벨은 제정신이 아닌 채로 상자가 아래로 내려가는 것을 바라본다. 그가 울부짖는다.

"멈춰! 멈추라고! 내가 들어가게 해 줘!"

하지만 너무 늦었다. 케이벨은 이미 바닥 아래로 사라지고 있는 상자로 달려든다. 케이벨의 몸이 타일 위에 부딪히고, 더 이상 아무 말도, 아무 외침이나 비명도 나오지 않는다. 그가 숨을 헉 들이쉰다.

"겁쟁이! 제이니, 안 돼! 돌아와! 미안해!"

기다림은 끝나지 않을 것처럼 길지만 마침내 상자가 표면 위로 돌아온다. 뚜껑이 열린다.

제이니는 죽어 있다.

케이벨은 침대에서 몸을 굴린다.

"안 돼."

그가 속삭인다.

4:55 a.m.

그는 일어나 앉는다.

"제길."

이제 잠이 깬 그가 말한다. 그는 혼란에 빠진 채 시계를 본다. 자신이 어디에 있는지 한순간 잊어버린다. 방 안의 다른 아이들은 깊이 잠들어 있다. 케이벨은 깊은 숨을 쉬고는 베개 위로 다시 털썩 눕는다. 그는 심장이 여전히 쿵쿵 뛰는 것을 느낀다. 스스로에게 진정하자고 몇 번 되뇐 후, 잠시 후에 조금 진정이 된다. 하지만 도무지 다시 잠들 수가 없다. 마침내, 간신히 다시 잠이 들기는 한다.

8:24 a.m.

케이브는 필드리지 고등학교로 돌아가기 전 모두 마지막으로 세익스피어 연극을 보러 가기 위해 준비하는 동안 다른 학생들을 무시한다. 아이들이 모두 사라지고 나자, 그는 긴 샤워를 하고 천천히 하루를 준비한다. 생각을 한다. 제이니에 관한 생각을 한다. 꿈에 대해서도 생각한다. 꿈에 대해서. 온갖 종류의 모든 일들과 어떻게 그것들이 그의 인생에…… 그리고 아마도 그녀의 인생에 얽히게 된 것인지에 대해서. 수치. 실망. 외로움.

그는 두툼한 이불을 꺼내 그 위에 앉은 채 그녀에 대해 알아내려고 한다. 그리고 그가 그녀를 이해하는 것은 불가능하다 할지라도, 무슨 일이 일어나고 있는 건지…… 그리고 무슨 일이 일어날 수 있는지 알아야만 한다. 그날 밤 스케이트보드를 타며 그랬듯이, 그냥 그녀를 보내 주거나 침묵을 지키는 것은 말도 안 된다. 대답을 요구하지 않고는 그녀를 다시 볼 수 없을 것만 같다.

11:31 a.m.

케이브는 침대 위로 뛰어올라 배고픈 채로 문제에 몰두한다. 상의를 집어 든다. 신발을 신는다. 지금 제이니가 무엇을 하고 있을지 생각한다. 그녀가 부족한 잠을 자기 위해서 아침 연극 관람을 생략했을지 궁금하다. 문득 세 소녀와 한 방에 누운 채, 밤 내내 그들의 꿈에 사로잡혀 보냈을 제이니를 상상해 본다. 지금쯤 제이니가 분명 음식이 필요하리라는 생각이 든다.

그리고…… 그래.

음식이 스스로 걸어갈 리야 없을 테니 말이다.

| 감사의 말 |

너무나 멋진 우리 집 치어리더들이자 집 안 청소꾼들이자 편집자들인 매트, 킬리언, 케네디에게, 모두 정말 최고라고 말하고 싶어요. 가족 모두의 사랑과 도움, 인내와 지지가 없었다면 제이니도 없었을 겁니다.

특별히 감사드리고 싶은 분들이 있습니다. 친한 친구이자 검색광인 다이앤 블레이크 하퍼 박사님. 값을 매길 수 없을 친절한 비평을 해 준 루이스 칼튼 박사님. 지지의 세월을 보여 준 라몬 콜린스. 그리고 트리시아, 크리스, 에리카, 그렉, 던, 조, 데이비드, 젠, 리사, 앤디, 매튜, 린다, 앤디와 앨리 모두의 친절한 도움에 감사드립니다.

마지막으로, 저의 황홀한 에이전트인 마이클 버렛에게 가장 감사하고 싶습니다. 제이니와 저를 믿어 주어서 고마워요. 또한 사이먼펄스 출판사에서 가장 멋진 팀인 제니퍼 클론스키와 캐롤린 애비,

마이클 델로사리오, 그리고 꿈을 현실로 만들어 주신 모든 다른 분들께 최고의 찬사를 바칩니다.

옮긴이 | 김은숙

번역하다가 자기도 모르게 작품에 빠져 작업을 잊고 다음 페이지를 읽다가 정신 차리기를 몇 번씩 반복하는 초보 번역가. 소설 취향은 잡식성. 번역한 책으로 『미술관을 터는 단 한 가지 방법』(공역), 「웨이크 시리즈」 등이 있다.

꿈을 엿보는 소녀 웨이크 시리즈 01

1판 1쇄 찍음 2015년 3월 13일
1판 1쇄 펴냄 2015년 3월 20일

지은이 | 리사 맥먼
옮긴이 | 김은숙
발행인 | 김세희
편집인 | 김준혁
책임편집 | 최고운
펴낸곳 | 황금가지

출판등록 | 2009. 10. 8 (제2009-000273호)
주소 | 135-887 서울 강남구 신사동 506 강남출판문화센터 5층
전화 | 영업부 515-2000 **편집부** 3446-8774 **팩시밀리** 515-2007
홈페이지 | www.goldenbough.co.kr

도서 파본 등의 이유로 반송이 필요할 경우에는 구매처에서 교환하시고
출판사 교환이 필요할 경우에는 아래 주소로 반송 사유를 적어 도서와 함께 보내주세요.
135-887 서울 강남구 신사동 506 강남출판문화센터 6층 민음인 마케팅부

한국어판 © ㈜민음인, 2015. Printed in Seoul, Korea

ISBN 978-89-6017-095-7 04840 (1권)
      978-89-6017-098-8 04840 (set)

㈜민음인은 민음사 출판 그룹의 자회사입니다.
황금가지는 ㈜민음인의 픽션 전문 출간 브랜드입니다.

블랙 로맨스 클럽을 열며

　로맨스 소설에도 흐름이 있다. 한참 인기를 지속하던 칙릿 이후 10대에서 출발해서 무서운 속도로 영역을 넓혔던 인터넷 소설 시장에 이어, 과히 광풍이라고 부를 수 있을 정도로 전 세계를 평정한 뱀파이어 소설이 최근의 주류를 이루고 있다. 하지만 한 작품이 인기를 끌고 나면 그 뒤로는 아류작이 쏟아져 나오는 시장의 특성상, 너무나 천편일률적인 작품들이 유행에 따라서 서점을 채우고 있다.

　블랙 로맨스 클럽은 바로 이 획일화 되어 있는 로맨스 소설 시장에 대한 고민에서 출발했다. 사실 로맨스 소설은 다 비슷한 게 당연한 것 아니냐고? 천만의 말씀. 그냥저냥 잘생긴 남자랑 예쁜 여자가 만나서 악역 조연들에게 시달리며 오해를 겹겹이 쌓아가다가 어느 순간 너를 너무 사랑하니까 하고는 결혼에 골인하면 되는 거 아니냐고? 부디 블랙 로맨스 클럽을 통해 그 편견을 버려 주시길 바란다.

　블랙 로맨스 클럽 편집부는 로맨스라면 흔히 떠올리는 소재나 플롯 등에서 벗어나 다양한 소재를 다룬 신선한 소설, 탄탄한 이야기 구조를 기반으로 재미와 감동을 전해 주는 소설만을 엄선하고자 한다. 시리즈의 작품들은 하나 같이 기존의 로맨스 소설의 공식을 깨는 개성 넘치는 작품들로, 시대를 초월한 재미를 추구하는 작품만을 선정했다. 추리, 호러, 스릴러, SF, 판타지, 역사, 좀비 등 소설에서 기대할 수 있는 모든 이야기에 로맨스라는 양념이 덧붙여진 종합 선물 세트와 같은 다양한 소설들로 독자들에게 색다른 재미를 드리고자 한다. 블랙 로맨스 클럽의 '블랙'은 하얀색, 분홍색, 빨강색 등의 색조로 흔히 표현되는 로맨스 소설을 뒤집어 개성 넘치는 로맨스 소설을 담고자 하는 출판사의 마음을 담고 있다.